나의 최소 취향 이야기

나의
최소 취향
이야기

신미경 지음

내 삶의 균형을 찾아가는
취향 수집 에세이

상상출판

최소 취향이 만든
균형 잡힌 일상

가볍게 요가를 마치고 80도로 식힌 물에 30초 동안 우려낸 우
전차 한 모금. 앉았을 때 편안한 바지, 피부에 자극 없는 부드
러운 니트를 골라 입고 외출한다. 약속에 늦지 않도록 시간 맞
춰 지하철을 타고, 책을 읽는다. 나는 이 모든 사소한 선택이
나로 살아가는 의미를 찾는 과정임을 안다. 물론 평생이 지나
도 나는 나를 모를 거다. 그저 미스터리한 나에게 호기심을 잃
지 않고, 지금 관심 가는 것에 몰입하며 나와 잘 지내자는 마음
뿐이다.

　　지금 내가 빠져 있는 것. 이 책에 담긴 이야기다. 하지만
내가 무엇을 좋아하고 싫어하는지 지극히 사적인 기호보다 균
형 잡힌 일상을 가꾸기 위해 내 마음이 나아가는 방향을 기록

한 것에 가깝다. 현재의 나는 과거의 내가 아니다. 오래전 나는 사는 게 허무해서 작은 물건이라도 쇼핑하며 하루를 견디듯 살았던 사람이지만 지금은 정반대다. 미니멀리스트로 나의 태도를 변화시킨 뒤 모든 면에서 달라졌다. 물욕이 느슨해지면서 생필품이거나 정말 마음에 드는 옷 아니면 집에 들이지 않게 되었고, 최대한 짐이 없는 방향으로 산다. 여전한 나의 최소 취향이다. 물건에 에너지를 빼앗기지 않자 내 몸과 마음을 편안히 돌보는 데 신경을 쓴다. 친절과 긍정을 가져온 운동과 좋은 식사, 규칙적인 생활이 이어지는 이유다. 생활과 건강에서 최소 취향이 확고해진 뒤 내가 집중하는 건 배움. 머릿속에 든 건 아무도 빼앗아 갈 수 없고 평생 가져가는 거라 하지 않던가. 물건보다 경험을, 경험보다 배움과 깨달음을 얻으며 충만함을 느낀다.

나는 생활, 건강, 일, 지성, 감성처럼 내 삶을 이루는 영역 어느 하나 소홀히 하지 않고 살아가고 싶다. 대부분 최소 규모로 꾸리고, 필요한 것만 골라서 만든 일상. 예전에는 내가 무얼 좋아하는지 잘 몰랐고, 남들이 욕망하는 모든 것에 관심을 드러냈다. 자신이 어떤 사람인지, 정말 무엇을 좋아하고 잘하는지 단호하게 말할 수 있을 만큼 자신을 잘 아는 사람은 몇이나 될까. 안 해본 게 너무나도 많은데 아주 작은 경험만으로 나는 그런 사람이라 애초에 선을 그을 수 없다. 남들이 별로라고 했던 것도 내겐 좋을 수 있고, 좋아한다고 착각했던 일 중 결과적으로 공허만 남는데도 습관이 되어 버리지 못하기도 한다. '당신이 무엇을 먹는지 알려주면, 당신이 어떤 사람인지 말해주겠다'라는 프랑스의 유명한 미식가 브리야 사바랭의 말처럼 내가 무엇을 좋아하는지 주르륵 써보면 내가 누구인지 알 것도 같지만. 그래도 좋아한다는 건 털 뭉치 강아지의 귀여움에 마음이 녹거나 기내식의 소고기 또는 치킨 중 하나를 고르는 순간보다는 살짝 심오할 수 있다. 좋아함이 기호를 넘어 모든 선택의 기준이 될 때 자신만의 견고한 취향이 탄생하는 것처럼. 이제 내가 가고자 하는 방향을 알기에 남들의 기준은 참고할 뿐 크게 흔들리지 않는다.

나는 불만족스러웠던 나의 많은 면을 지우고, 새로운 태도를 갖게 되었다. 물론 하루아침에 이뤄진 건 아니고 무척 느리게 나를 다듬었다. 그 후 사람은 어떤 방향을 갖느냐에 따라 충분히 변할 수 있음을 몸소 알게 되었다. 달라지고 싶다면 과거와 다르게 살아야 한다. 나 역시 그저 살아가는 과정에 있다. 그래도 지금의 확고한 방향, '적게, 바르게'라는 나를 지탱하는 두 가지 중심으로 만든 균형 잡힌 일상을 통해 누군가 자신만의 취향을 매만져보는 시간이 되길. 혹은 관심사가 지나치게 많아 버거운 사람에게는 덜어내는 시간을, 반대로 의욕 없는 하루하루를 살아가는 사람에게는 살짝 들뜰 만큼의 의욕이 살아나는 부담 없는 경험이 되길 바라본다.

아끼는 오늘을 보내며,
신 미 경

Contents

6.

나만의 방식으로
세상과 어울리기

: 나에게 매몰되지 않는 고독

적게 가지고 바르게 생활하기

편안한 침실에서 잘 자고, 여유롭게 좋은 식사를 한다. 나의 집은 대부분 조용한 분위기이나 가끔 친구나 가족이 방문해 유쾌하게 대화하며 식사하는 순간은 무척 소중하다. 나는 이미 생활에 필요한 모든 걸 충분히 갖추고 산다. 주머니 사정이 허락하는 범위에서 질 좋은 생필품을 택할 뿐, 예전과 달리 가진 물건으로 나를 증명하려 애쓰지 않는다. 처음엔 무작정 욕망을 없애서 생활이 지나치게 무료하고 공허해지기도 했다. 최근에서야 최소 생활을 지향함과 동시에 바른 의욕을 가지려 한다. 창가에 래디시를 키워보기도 했지만, 그런 자연주의 취미를 더하기보다 정말 필수적인 일에 집중하는 편이 나의 생활 만족도를 높였다.

잘 먹고 잘 자기, 그리고 미루지 않는 정리정돈과 청소로 개운한 집에서 살기. 내게 필요한 살림만 남기고 집이 갖는 최고의 기능인 안식, 쉼에 집중하기에 흔들림 없이 지속할 수 있다. 주말 이른 아침이면 영화에서 본 것처럼 거실 한복판에 리넨을 펼쳐두고 앉아 소풍 나온 듯 아침 식사를 하거나 볕이 잘 들고 기분 좋은 바람이 부는 오후에는 작은 소파에 누워 음악을 듣는다. 평소와 약간 다른 한가로움도 집에서 누리는 빼놓을 수 없는 순간이다.

1.

최소 생활 주의자

※

※

※

잘 자고 일어난 아침

어디에서 어떤 방식으로 살든 꼭 지키고 싶은 두 가지가 있다. 좋은 식사와 편안한 잠자리. 이 두 가지만 제대로 충족된다면 살아가는 데 별다른 불만이 없을 상당히 단순하고 동물적인 욕구다. 몸과 마음이 편안해지는 가장 확실한 방법은 식사를 잘 챙기고, 매일 일정한 시간에 잠들어 해가 뜨는 리듬에 맞춰 7시간 정도 자고 일어나는 자연스러운 수면에 있다. 매일 새로 태어나는 기분은 쾌면의 선물이다. 물론 잘 자는 게 내겐 쉬운 일이 아니다. 잘 자고 싶기에 축구선수 손흥민처럼 준비가 필요했다. 출국할 때, 인터뷰할 때 품에 꼭 껴안고 있어서 시선을 뗄 수 없었던 바로 그 베개를 구하는 것. 똑같은 브랜드의 제품을 사겠다는 뜻이 아니라 내게 가장 편안한 수면을 약속해줄 베개를 찾아내고 어디를 가든 그 베개의 소중함을 잊지 않겠다는 다짐이랄까. 잘 고른 베개 하나가 나를 늘 편안한 잠자리로 이끈다. 옛사람들은 높은 베개의 위험성을 후대에 경고하기 위해 고침단명(高枕短命)이라는 사자성어를 유산으로 남겼다. 높은 베개를 베고 자면 일찍 죽는다는 뜻의 돌직구인데 실제로 높은 베개를 베면 자는 동안 목과 어깨 근육이 긴장한다. 게다가 부드러운 곡선을 그리고 있던 목뼈가 반대로 눌려 척추 신경 또한 온전치 못하다고 한다. 누적된 경험이 만든 지혜다. 또한 목에 주름살도 덤으로 따라온다. 한마디로 아무 베개나 베느니 차라리 수건을 돌돌 말아 목 뒤만 받치고 자는 편이 나을지도 모른다.

지금 내가 쓰는 베개는 목과 어깨를 편안하게 받쳐주고 똑바로 누워 잘 수 있도록 나의 수면 자세 교정에 어느 정도 도움이 되는 기능성 베개다. 내 몸에 익숙한 수면 자세에 맞는 베개를 선택할 수도 있었지만, 몸이 더 편안하게 잠들 수 있는 수면 자세로 바꾸고 싶었다. 자다가 몸이 불편한 기분이 들어 눈을 뜨는 경우는 두 가지였다. 팔을 올리고 자다가 팔이 저려서 일어나거나 옆으로 누워서 자다가 허리 부위가 아파서 일어나거나. 잠이라는 최고의 휴식 중에도 내 몸을 피로하게 만들고 있었다니. 바르게 누워 온몸의 긴장을 풀고 휴식을 취하는 잠이야말로 편안함의 극치이니 똑바로 누워서 잘 수 있도록 돕는 베개는 좋은 선택이 된다. 완벽한 교정은 아니지만 똑바로 눕는 일에 경각심이 생기고 베개 자체도 옆으로 몸을 틀기 불편해 예전보다 옆으로 덜 누워 잔다.

피곤으로 무거워진 머리를 눕히는 순간 기능성 베개가 이끄는 깊은 수면.

〈허핑턴 포스트〉의 창립자인 아리아나 허핑턴은 책 『수면 혁명』에서 과로와 수면 부족으로 몸이 쓰러졌던 자신의 경험으로 수면의 중요성에 대해 말한다. 나는 그 책에서 셰익스피어의 〈맥베스〉에서 가져온 '걱정의 엉킨 실타래를 풀어주는 잠, 일상사를 잠재우는 휴식, 고된 노동을 달래주는 목욕, 위대한 자연의 주요리……'라는 삶의 필수적인 요소를 마주했다. 그중에서도 가장 중요한 걸 꼽자면 역시 잠이다. 일이나 공부가 잠보다 우선이어서 엄청난 수면 부채를 진 지금을 사는 모두에게 필요한 건 충분한 수면 시간 확보다.

만족스러운 생활의 영양분은 몸과 마음 챙김에 있다. 마음에 거슬리는 게 많고 고민이 많을 때는 편안하게 자기 어렵다. 실질적인 걱정이 많은 사람의 침대는 복잡한 머릿속과 비례해 들썩임으로 가득하다. 그런 날은 애초에 편히 잠들기 글렀다. 고민한다고 당장 해결되는 일은 없는데도 멈출 수 없는 날. 계속 맴도는 한가지 해결책을 휴대전화 메모장에 글로 적고 깊은 들숨과 날숨으로 마음을 진정시킨 뒤에야 잠을 청하기도 한다. 그러다 보니 잠이 안 올 정도로 큰 고민은 만들지 않는 게 일상을 살아가는 목표가 된다. 어제와 오늘이 크게 다르지 않은 보통의 날엔 편안한 잠자리를 위한 준비를 한다. 따뜻한 물로 샤워를 하고 브래지어처럼 몸을 졸라매는 속옷은 빼고 넉넉한 파자마, 추운 날에는 수면 양말을 신는다. 숙면에 최적화된 몸 상태가 되면 휴대전화는 침실 협탁 서랍에 넣어둔다. 잠에 들기 1시간 전부터 블루라이트를 차단하고, 대신 펼치기만 해도 졸린 책을 눈앞에 가져다 댄다(지나치게 재미있는 책은 잠을 앗아가니 절대 안 된다). 가끔 귀와 목덜미 사이에 허브 오일을 발라 아로마테라피로 심신의 안정을 취한다. 미간에 잡힌 주름도 손가락으로 눌러주며 편다. 몸에 기운이 조금 남아 있는 날엔 관자놀이 지압, 종아리 마사지, 다리의 긴장을 풀어주는 하늘 자전거 타기처럼 침대에서 할 수 있는 일도 한다.

그리고 보면 베개부터 시작해 침실에 가장 많은 신경을 쓰고 있다. 어느 것 하나 비싼 가구나 가전이 없는 집에서 그나마 가장 값을 치르고 산 매트리스는 여행지에서 형편없는 매트리스를 만나면 눈물이 날 만큼 그리운 소중한 물건. 편안히 눕기 좋은 침대와 어울리는 이불은 세탁하기 좋은 면 소재를 택하고, 몸을 들썩일 때 큰 힘이 들지 않도록 가벼운 무게를 고른다. 어릴 때 가족들이 종종 해줬던 '포근이'라 부르던 이불 덮기 놀이에 적당한 중량감. 어린 시절 포근이는 가벼운 이불을 허공에서 넓게 펼친 뒤 몸을 감싸듯 덮어주는 일종의 굿나잇 인사였다. 가벼운 파자마를 입고 포근이를 받은 어린이는 벅찰 만큼 행복했다.

　　잘 자는 데 필요한 물건을 사는 돈은 건강을 위한 가장 좋은 투자고, 규칙적으로 세탁하는 깨끗한 침구에 체력과 부지런함을 할애한다. 침대에 오도카니 누워 하루를 곱씹고 내일을 상상하는 데 쓰는 시간은 마음을 비워내고 편히 잠들 수 있도록 돕는다. 그렇게 잠이 드는 침실. 걱정 없는 마음이 만들어낸 좋은 날의 마무리다.

✳
✳
✳

일광욕 식사

집에서 가장 볕이 좋은 곳에 앉아 식사를 한다. 큰 창가 근처에서 5월의 날씨를 욕심껏 누리고 있다. 바람은 자애롭게 불어오고 볕은 온화하게 내리쬔다. 드물게 공기마저도 청아한 날, 지금 먹는 식사는 단순히 배를 채우는 시간이 아니다. 온갖 걱정과 계획은 잠시 잊고 지금 주어진 소박하지만 따뜻한 식사에 집중하며 내가 온통 긍정으로 둘러싸여 있음을 깨닫는 시간이다. 여행지의 레스토랑은 노천 자리부터 사람이 가득 찬다. 소풍 가서 먹는 김밥은 확실히 더 맛있다. 음식 맛이 특출나서가 아닌 야외라는 장소 때문이다. 우리는 본능적으로 볕이 드는 장소가 최고임을 안다. 볕을 쬐면 행복 호르몬인 세로토닌이 분비된다니 과학적 근거도 있는 행동이다. 일광욕하며 먹는 식사, 점심 식사 후 잠깐의 산책으로 충전한 햇볕은 뼈를 튼튼하게 하는 비타민D 무료 합성과 숙면에 도움이 된다. 물론 자외선 때문에 피부에는 큰 도움이 되지 않을 수도 있지만. 그렇다고 햇볕을 완벽히 차단하고 살아가면 기미, 주름보다 더 큰 건강을 잃는다. 식사와 볕은 늘 몸이 흡족할 만큼 먹고 싶다. 식사 시간을 지키고 사는 만큼 광합성하는 시간도 일과표에 넣어두고 산다. 밖으로 나가지 못하는 날에는 창가에서라도 조금의 볕이나마 쬔다. 특히 우울한 날에 밥보다 필요한 건 햇볕일지도 모른다.

물론 항상 볕을 쬐며 식사하는 건 어려운 법이다. 비가 내리거나 흐린 날도 있고, 일이 바빠 회의실에 갇혀 샌드위치를 먹을 때는 햇볕을 까맣게 잊게 된다. 하지만 좋은 식사는 대부분 가능하다. 날씨처럼 내가 통제할 수 없는 상황은 불가항력이지만 식사의 종류와 식사를 할 때의 기분만큼은 내가 선택할 수 있는 문제다. 무엇을 입에 넣을지 넣지 않을지 결정하는 건 나다. 일시적인 맛의 쾌락은 줄지언정 영양가 없는 음식은 피하고 몸에 이로운 음식을 골라 먹는 건 언제나 나의 의지다.

좋은 식재료를 골라 장을 보고 내 손으로 간단하게 요리를 하는 건 내겐 운동보다 더 지키고 싶은 일상 건강법이다. 밥, 국, 생선구이, 반찬 세 가지를 차리기도 하지만 대부분 한 그릇에 담긴 음식이 간편해서 좋다. 식사 준비도 뒷정리도 모두 한 번이면 끝나니 먹는 데 지나치게 많은 시간을 쓰지 않게 된다. 물론 좋은 음식을 간편하게 먹는 게 중요하다. 채소가 가득 담겨 있고, 연어처럼 고단백 식품도 있으며, 짜지 않고 달지 않은 나의 밥. 볶음밥, 덮밥, 카레라이스 같은 내가 만드는 한 그릇 집밥에는 음식을 낭비하지 않겠다는 태도 역시 녹아 있다. 한 번에 먹기 적당한 양을 담고 부족하면 더 가져다 먹는 방법으로 천천히 식사한다. 반찬을 종지 같은 그릇에 담아 먹을 때도 조금만 내어놓는 게 나의 기본이지만 그래도 남기는 경우가 가끔 생긴다. 접시 하나에 담아 먹는 식사는 그럴 일이 드물다. 하나에 담겨 있기에 내가 소화할 수 있는 양이 명확히 보인다. 깔끔한 하얀 접시를 주로 사용하지만 아주 오래전 유행했던 화려한 문양의 넓은 접시도 밋밋한 하얀 음식, 예컨대 크림 파스타나 찜기에서 꺼낸 만두를 담기에는 제법 매력적이다.

볕을 쬐며 간단히 식사를 할 때면 지금을 살고 있다는 자각을 한다. 나를 찾고, 내면의 평화를 찾아 멀리 떠날 필요가 없어진 건 지금 누리는 시간이 흡족해서다. 몸은 여기 있는데 정신은 유체 이탈한 듯 어딘가에 팔렸었던 공상가는 사라졌다. 이제 현실에서 열심히 밥을 짓고 생선을 굽는다. 가끔 행복이라는 모호한 희망을 위해서 무엇이 필요한지 궁금해질 때가 있다. 소박한 찬에 볕이 드는 자리에서 밥 먹는 순간에 느끼는 이 감정이 행복 아닐까 싶다가도 왜 예전에는 느낄 수 없었던 걸까 궁금해진다. 부족한 면만 좇다 보니 알 수 없었던 지금 가지고 있는 것의 무게.

예전에 내게 행복해 보였던 사람들이란 통장에 평생 쓰고도 남을 만큼 돈이 있고, 마음 잘 맞는 인생의 반려자를 만나고 나를 응원하는 사람들이 한가득이어서 SNS 게시글 하나만 올려도 금세 수만 명이 하트를 주는 사랑받는 삶이었다. 성공을 거머쥔 사람들은 여전히 즐거워 보인다. 그런데 대부분이 부러워하는 조건을 가졌으면서도 타락하는 유명인의 기사를 접하면 반드시 그런 물질적 조건이 행복의 필수는 아닌 듯싶다. 물론 그런 조건 중 하나라도 가져본 적이 없기에 알 수 없지만 지금 나는 큰돈, 인기가 없어도 만족하는 법을 다행히 알고 있다. 햇볕은 누구에게나 평등하게 무한대로 주어진다. 열심히 일한 대가로 좋은 식사에 쓸 돈도 주머니에 있다. 어두운 구석 아닌 볕으로 나가 식사를 하는 즐거움을 알게 된 건 행복하고 싶은 나의 선택이다.

＊
＊
＊

채소의 맛

어릴 적엔 쌀밥을 꼭꼭 씹다가 빨아 먹곤 했다. 쌀의 단맛이 좋아서 그냥 삼키기 아까웠는데 그럴 때마다 엄마나 아빠가 밥을 빨아 먹는 건 잘못된 식사예절이라 혼을 내셨기에 아쉽지만 잘 씹기만 한 뒤 그냥 삼켜야 했다. 쌀의 단맛이 시시해진 건 학교 앞 문방구에서 불량식품을 사 먹을 수 있는 나이가 되면서부터다. 종이 뽑기 50원에 운 좋게 얻은 칼 모양 엿과 100원짜리 아폴로, 50원짜리 쫀드기가 밥보다 달았다. 점점 더 단 걸 먹었다. 나이와 비례해 용돈이 올랐고 초코파이와 아이스크림을 살 돈이 있었다. 1990년대 초반엔 세상의 모든 달콤함을 모아둔 슈퍼마켓이 지구에서 가장 좋아하는 곳이었다. 밥이 맛없다 느낀 건 아마 그때부터였다. 그 버릇이 꽤 오래갔다.

입맛을 바꾼 건 건강하게 살려고 억지로 한 노력이다. 모든 일에 괴로움과 행복이 함께 있다면 괴로움이 먼저인 쪽이 내게 언제나 더 큰 행복을 가져다주었다. 설탕은 쾌락에 가까운 행복을 주지만 결과는 괴로움으로 오고, 건강한 채소의 맛은 딱히 괴로움은 아니지만, 자극적인 맛도 아니어서 즐거움이라 볼 수 없다. 하지만 몸은 가뿐하고 컨디션은 일정해진다. 설탕이 주는 일시적인 기분 상승이 끝나면 기분이 더 가라앉는 것과는 대조적이다. 균형 잡힌 영양 상태는 긍정의 순환이 무엇인지 보여준다. 몸의 컨디션이 가뿐하면 자신과 주변에 친절한 사람이 되기 쉽다. 건강한 몸에는 늘 그렇듯이 의욕이 깃든다. 나는 건강하게 먹으며 행복한 기분을 평소보다 더 자주 높은 강도로 느끼게 되자 설탕 중독에서 점차 벗어날 수 있었다.

세상에는 여러 가지 맛이 있지만 이제 나는 플레인, 꾸밈없는 맛을 고른다. 자연에서 난 채소 그대로의 맛이 좋다. 인공적인 단맛, 짠맛, 매운맛에서 멀어진 뒤로 채소가 얼마나 다양한 맛을 가졌는지 알게 되었다. 자연의 맛만 보다가 가끔 맛있어 보이는 과자의 유혹을 이기지 못하고 한입 먹으면 몹시 달아서 깜짝 놀라게 된다. 예전에는 그렇게 달다고 생각지 않았던 과자였다. 아무리 값비싼 디저트라 하여도 인위적인 단맛은 채소의 단맛보다 고급스럽지 않다.

부드러운 채소의 단맛을 제대로 느끼고 싶다면 생채소보

다 언제나 채소 찜이다. 고구마, 단호박, 양배추, 브로콜리……
채소라면 무엇이든. 채소 찜은 내가 가장 쉽게 만드는 집밥으로
요리법 역시 간단하다. 양배추쌈을 만들려면 한 번에 먹을 양배
추 반의 반 토막을 깨끗이 씻어 통째로 찜기에 올리고 물을 넣고
찐다. 몇 분을 찌는지는 모른다. 정확성보다 감에 기대는 요리라
서 아마 이쯤 되면 양배추가 적당히 익었을 거라 추측, 냄비 뚜껑
을 열어 부들부들해 보이는 양배추를 젓가락으로 찔러본다. 접시
에 양배추를 담고 된장과 들기름에 무친 오이고추를 곁들여 낸
다. 내가 즐기는 양배추쌈의 맛이다. 쪄낸 양배추는 샐러드로 먹
을 때의 아삭함은 없다. 대신 부드러운 양배추의 단맛은 더 깊고,
위가 편안함을 느낀다. 먹으면서 느끼는 몸이 편안해지는 기분.
단순한 채소 찜 하나에 거는 여러 기대가 내가 좋은 걸 먹고 있다
는 증거다.

오늘도 찜기에 어떤 채소를 쪄볼지 궁리한다. 새로운 채소
를 보면 일단 쪘을 때 맛있을지 궁금하다. 특별한 요리를 할 줄 몰
라도 찌는 건 실패하기 어렵다. 물, 불, 시간을 준비하고 가끔 익었
는지 확인하는 정도면 요리에 들이는 노력도 별로 없다. 냉장고에
있는 채소를 조금씩 잘라 찜기에 두고 모두 쪄서 먹으면 근사한 채
소 모둠 찜이 된다. 브로콜리와 당근, 가지, 양배추, 버섯이 어우러
져 근사한 색감이 더해지고 된장과 들기름을 섞어 살짝 찍어 먹는

간편함. 인스턴트 음식을 먹던 때는 자연에서 난 채소의 환상적인 맛을 몰랐다. 밋밋하고 지루한 맛이었다. 양배추는 마요네즈 드레싱이 올라가야 먹을 수 있었고, 랜치 소스가 있기에 셀러리의 맛을 참을 수 있었다. 이제는 드레싱이 없는 편이 채소가 가진 고유의 맛을 느낄 수 있어 더 맛있다. 설탕 중독은 떨쳐냈지만 나는 여전히 단맛이 좋다. 이제 내 입맛에 가장 맛있는 단맛은 채소와 과일로부터 얻는다.

※

※

※

풍수 인테리어를 아십니까

봄이면 '입춘대길'을 대문에 써 붙이지 않고, 복이 들어온다는 달마도를 걸어놓진 않지만 나는 집에 복을 가득 담기 위해 늘 현관을 깨끗이 치운다. 좋은 기운은 보통 닫혀 있는 집 바깥에서 흐르다 현관을 열면 안으로 흘러들어온다고 한다. 이 무슨 '도를 아십니까' 같은 소리인가 싶지만 새로운 일을 해볼 의욕이 생겼다고 치자. 이러저러한 공상을 하며 들뜬 기분으로 집에 들어오니 현관에 신발이 굴러다니고 미처 버리지 못한 쓰레기봉투가 있다. 며칠 전에 받았지만 여태 뜯지 않은 택배 박스도 한구석에 박혀 있을지도. 비가 내린 건 일주일 전인데 아직 우산도 제자리를 찾지 못했다. 관리되지 않고 할 일이 많이 쌓인 집의 첫인상이다. 희망으로 부푼 가슴이 한순간에 푹 꺼지며 새로운 일을 시작하기엔 지금 당장 해야 할 일이 너무 많다고 지레 겁먹을 수 있다. 청소의 개념이 희박

했을 때 나는 집에 오면 '집부터 정리해야지, 역시 시간이 부족해' 하며 한숨부터 쉬었다. 어수선한 집에 피어나는 부정적인 기운은 살아가는 데 단 한 번도 도움이 되질 않았다. 특히 현관은 누구에게나 처음 마주하는 공간으로 집의 얼굴이라는 별칭이 있는데 실상 손님보다 사는 내가 훨씬 자주 본다.

깨끗한 현관이 '어서 들어오세요' 하고 맞아주길 바란 뒤로 이제 현관문을 열면 신발 하나 없다. 신고 나갔던 신발은 적당히 통풍을 시켜두었다가 신발장으로 쏙 넣어버린다. 주말이면 마당 쓸 듯이 손바닥만 한 현관을 쓸고 닦는다. 그러면 마음도 티끌 하나 없이 깔끔해진다. 풍수 인테리어 중 대문을 열고 집에 들어왔을 때 정면에 거울이 걸려 있으면 복이 달아난다는 소리를 들었다. 거울에 복이 반사되어 나간다고 했던가. 구체적인 이유는 알 수 없지만 아마 자기 모습에 매번 깜짝 놀라 심장에 무리가 올까 봐 하는 말일지도 모른다. 그만큼 나는 풍수에 실상 문외한이다. 그래서 내가 현관을 깨끗이 치우는 이유는 풍수라기보다 그저 '현관 효과'. 집 안 곳곳을 먼지 하나 없이 관리하기란 불가능에 가깝지만, 그래도 집에서 하나의 장소를 마치 성역이라도 된 듯 관리하면 자신만의 마음 다스리기 의식이 된다. 현관 효과와 비슷한 원리로 수도꼭지도 관리할 수 있다. 물과 돈은 흐른다는 의미에서 막힘이 없어야 하므로 풍수에서는 물 나오는 곳을 깨끗하게 관리하면 금전운이 향상된다고 본다. 수도꼭지를 반질반질하게 닦는 것에 이보다 더 괜찮은 동기부여는 없을 듯싶다. 행운은 좋은 습관이 불러들인 결과이고 깨끗한 장소의 정돈된 느낌은 내게 긍정적인 에너지를 불어넣어 준다. 개운함을 느낄 수 있는 공간 하나로 모든 게 잘 될 거라 낙관하게 된다. 그러니 미신적 의미여도 마음을 의욕적으로 만들어주니 결국 사람의 행동은 변한다.

나는 비과학적인 이야기도 그럴 수 있겠다, 하며 납득하는 편으로 사람과 이를 둘러싼 우주 모두에 분명 기가 있다고 믿는다. 누군가 부정적인 기운을 내뿜으면 쉬이 눈치채고, 어쩐지 감이 좋지 않을 때는 몸을 사리게 되고, 아니다 싶은 일은 하지 않는다. 그건 아직 과학으로 증명 해낼 수 없는 위험 감지 본능이다. 미신은 두려움이란 감정을 이겨낼 용기를 준다. 맹목적인 숭배는 위험해도 마음 기대기엔 괜찮은 방법 같다. 되도록 불운은 피하고 싶은 법이니까. 대학 졸업반이었을 무렵 타로 한 벌을 샀다. 그 시절의 나는 앞날이 너무 막막해서 미래를 조금이나마 알고 싶은 마음이 굴뚝 같았는데, 타로 운세에 의지하며 좋은 점괘가 나올 때까지 여러 번 점을 치며 하루를 살았다. 그때 타로점을 보며 신기했던 건 내 의지의 기운대로 카드를 뽑았다는 점이다. 내가 긍정의 마음으로 타로를 뽑으면 희망찬 운세가 나왔고, 온갖 어두운 기운으로 타로를 뽑으면 좋은 의미의 카드여도 역방향으로 뽑혀 부정으로 해석해야 했다. 믿거나 말거나 부류의 억지일 수도 있지만 확실히 나의 마음가짐에 따라 점괘가 달랐다. 지금 타로는 내 삶에서 사라졌다. 철학관에서 사주풀이해본 지도 오래되었으며 오늘의 운세가 예전만큼 궁금하지 않다. 항상 좋기만 한 날도, 나쁘기만 한 날도 없었기에 오늘 운이 무척 좋으면 내일은 그렇지 않을 거라는 예측으로 들뜬 기분을 누른다. 반대로 운이 나쁜 날에는 내일은 운이 좋을 거라 다독이며 견딘다. 일희일비하지 않으려고 감정 사이에서 줄타기를 한다. 우주의 기운을 읽어 앞날을 점쳤던 고대인들이나 연초가 되면 문전성시를 이루며 앱으로 결제까지 할 수 있는 현대의 점집이나 근본은 같다. 더 나아질 미래를 바라는 사람들의 마음 달래기. 가끔 내가 잘못해서 일어난 일이 아니라 운이 나빴다고 여기면 마음이 더 편안해질 때도 있다.

　　책 『조선의 잡지』에 따르면 조선 시대 여성 실학자 빙허각 이 씨가 가정 살림에 대해 저술한 『규합총서』에서 양반들은 나무, 땅이나 돌처럼 건드려서는 안 되는 물건을 건드려 해를 입는 동티가 나면 "병에 물을 넣고 동쪽으로 뻗은 복숭아나무 가지를 꺾어 병에 박아 가운데 솥 부뚜막에 놓고, 여인이 절굿공이를 가지고 들어가 부엌 신인 조왕 앞에 오른발을 세 번 구르며……"와 같은 지침을 따랐다고 한다. 부정 탔을 때 꽤 구체적인 방법으로 불운을 피하는 의식을 치렀다고. 요즘 시대에 나쁜 운이 생기면 가정에서 할 수 있는 액을 물리치는 방법은 모른다. 대개 예방이 중요하다

보고 구체적인 지침을 세우지 불행한 일이 일어났다고 해서 공개적으로 굿 같은 걸 하지 않으니까.

　나는 일이 좀 안 풀린다 싶으면 집에 있어서는 안 될 게 있는지 샅샅이 수색한 뒤 버린다. 관계가 틀어져버린 사람이 준 물건을 버리고, 신고 나갔다가 발이 너무 아파 두 번 신을 일이 없는 그러나 아까워서 버리지 못했던 신발도 정리한다. 내게 고통의 기억을 안긴 거슬리는 물건을 없애고 나면 늘 마음이 편안해진다. 내가 부정적으로 느낀 기운이 사라지면 어느새 막힌 운이 뚫려 원활히 순환되는 느낌. 매우 미신적인 접근이지만 불행한 기분이 들 때 집에서 할 수 있는 일이다.

*
*
*

사소한 백업 키트

현관에 조금 집착하는 편이다. 조금보다는 약간 더일지도. 바깥과 안을 이어주는 공간이 가진 특별함이 있다. 나가기 전 전신거울 앞에서 옷매무시의 마지막 마무리를 하는 곳이고, 잊은 물건은 없는지 집안 단속은 바로 했는지 빠르게 검토하는 지점이기도 하다. 현관을 깨끗하게 관리하는 건 내겐 의식에 가까운 일이지만, 현관 붙박이 수납장에 숨겨둔 사소한 대비책은 실용적인 목적이 크다. 나의 생활 리듬에 맞춰 작지만 편안한 백업 키트를 마련해둔다. 세심하게 신경을 많이 쓰는 성향 탓에 백업이 요긴하게 쓰이면 약간의 희열을 느끼기도 한다. 살다 보면 예측 불가의 일이 여럿 벌어지기 마련이고 그럴 때 할 수 있는 일은 내가 상상할 수 있는 범위 내에서 여러 대비책을 세우며 안정감을 얻는 정도다. 인생 전반은 너무 크고 방대하므로 계획이 무의미해질 때가 많지만, 생활은 다년간의 경험으로 설계한 계획이므로 아주 사소한 준비만으로도 일상을 부드럽게 굴리기에 충분하다. 영화 제목은 기억나지 않지만 우편함에 립스틱을 두고 바르는 여자 주인공이 있었다. 외출하면서 마지막에 아파트 우편함에서 립스틱을 꺼내 무심하게 쓱 바르고 나가는 장면이 무척 인상 깊었는데 보통의 동선과 달라 생소했지만, 은근 매력적이었다. 우편함에 백업 플랜처럼 존재하는 립스틱. 그녀에게 기발한 우편함 활용법이 있다면 내겐 현관 수납장이 있다.

현관 수납장을 열어본다. 구두를 100켤레 넘게 가지고 있었다는 게 무색할 만큼 신발은 이제 10켤레가 전부. 그러다 보니 수납장 곳곳이 여유롭게 비어 있다. 그중 손 뻗기 가장 편한 위치에 세 가지 아이템을 놓았다. 떨어지지 않게 구비해두는 황사용 마스크, 반듯하게 접어둔 핸드타월 한 장, 갈색 병에 든 심플한 향수 한 병. 미세먼지 수치가 나쁘면 집에서 나가기 전 황사용 마스크를 챙기고, 비가 오는 날에는 젖은 발을 작은 핸드타월을 꺼내 닦고 집 안으로 들어간다. 걸리적거리는 발 매트를 현관에 두지 않고 살기 때문에 핸드타월은 좋은 백업이다. 물 묻은 발이 집 곳곳에 발자국을 남기지 않을 정도로 발을 닦기엔 충분한 크기고 쓰고 난 다음 세탁하면 금방 마른다. 향수는 대비라는 목적과는 조금 동떨어지나 향수를 현관에서 뿌리는 데는 이유가 있다. 몸에 향수를 뿌리면 잔향이 현관에 남는다. 그러면 캔들이나 디퓨저를 현관에 두지 않아도 집에 갓 도착했을 때 은은한 향을 즐길 수 있다. 집에 돌아온 미래의 나를 환영하는 인사를 외출하기 전 미리 준비하는 것이다. 맞닥뜨릴 수 있는 비상상황 역시 대수롭지 않게 여기지 않는다. 역대급 태풍이 온다는 예보에 피난 가방을 미리 싸두고 중문을 닫으면 사방이 막혀 있는 현관을 대피소 개념으로 사용하는데, 가족들과 안부 확인차 전화를 하면 나의 이런 지나친 준비성은 웃음거리가 되곤 한다. 물론 나는 진지하다.

여느 집처럼 여분의 화장실 휴지는 광목 주머니에 넣어 화장실 캐비닛에 수납하고, 칫솔과 치약, 생리대, 현관 도어락 배터리처럼 소품 역시 떨어지지 않도록 미리 구입해 정작 필요할 때 당황할 일이 없도록 꼼꼼히 챙긴다. 물론 싸다는 이유로 생필품을 한 번에 많이 구입하는 건 꺼린다. 집은 창고가 아니고 많은 물건을 보관할 곳도 마땅치 않다. 생활이 편안하고 안전하게 돌아갈 수 있도록 여러 백업 키트를 마련하나 늘 집이 감당할 수 있는 적절한 양을 지킨다. 내가 만드는 키트는 대부분 생활적이나 가끔 감정을 돌보는 키트도 있다. 정신 건강을 챙기기 위해 '호르몬성 우울증 셀프 치료 키트'를 만들었던 것처럼. 한때 아이스크림(설탕 중독 벗어나기 결심 이후로는 사두지 않는다)과 우울한 날 듣는 음악 리스트, 눈물을 흘릴 때 필요한 피부에 자극이 없는 도톰하고 부드러운 티슈로 꾸린 키트가 있었다. 밀려오는 슬픔을 감당하는 방법이 눈물 아닌 침묵으로 바뀌자 요란한 준비는 필요 없게 되었지만.

작가 수전 손택은 베니스에 갈 때마다 그곳에 있는 동안 읽을 서너 권의 책을 포함한 '작은 베니스 키트'를 들고 간다고 했다. 도대체 작은 베니스 키트에는 책 말고 또 무엇이 담겨 있을지 궁금했다. 나는 누군가의 커다란 생각보다 늘 이런 사소한 것들이 궁금하다. 그 사람의 작은 세계를 살짝 들여다볼 수 있는 취향적 소지품. 한때 나는 언젠가의 베니스 여행을 위해 여러 작곡가의 바르카롤(Barcarolle)이라는 뱃노래 음악을 모았다. 그 작은 베니스 키트에 음악도 있었을까.

준비와 계획. 나는 이런 식의 일을 꽤 즐긴다. 내가 팔을 내저었을 때 생기는 공간을 아늑하게 만든다. 집에서나 밖에서 내게 필요한 최소한의 물건을 정돈해 배치하고 안락함을 만끽한달까. 비행기를 탈 때 이코노미 클래스의 좁은 공간에서도 휴대전화 충전기를 연결해두고, 책을 읽기 위해 아이패드를 기내잡지 앞에 꽂아둔다. 장거리 여행이면 신발을 벗고 도톰한 양말을 신고 양치질 세트, 세안제, 보습제, 선크림 모두 작은 사이즈로 준비하고 손수건, 마스크를 챙겨둔다. 손을 뻗었을 때 필요한 게 즉각 있다면 편안함과 쾌적함이 배가 된다. 건조한 겨울, 집에서 자다가 목이 마를 때 마실 물이 손을 뻗으면 닿을 거리에 있고, 영화를 보기 전 간식거리도 옆에 잘 준비되어 있을 때 나는 흡족하다. 필요한 무엇이든 옆에 있어 생활에 불편함이 없도록 만들기. 사랑이 누군가를 보살필 때 느끼는 충만함이라면 나는 자신을 돌보며 그런 기분을 꽤 자주 받는다.

＊
＊
＊

그림엽서 컬렉터

태어나서 처음 모았던 수집품은 『나의 라임 오렌지 나무』, 『로빈
슨 크루소』 같은 세계 명작소설로 열 살 무렵부터 하나씩 샀다. 책
을 펼치면 간지에 내 얼굴 사진, 이름과 나이, 주소가 또박또박 적
혀 있었다. 내 것이라는 영역표시였다. 그다음에는 만화 잡지, 패
션 잡지를 매달 구매해 발행 날짜 순서에 맞춰 책꽂이에 정리해두
었다. 스무 살 남짓부터 돈이 생기면 구두를 사기 시작했다. 신발
상자에 구두 사진을 찍어 붙인 뒤 빼곡히 쌓아올렸다. 어릴 때 모
은 소설은 사촌에게 넘겼고, 10년 넘게 간직한 패션 잡지는 스타일
리스트 지망생에게 팔았으며, 산더미 같던 구두는 뿔뿔이 흩어졌
다. 이제 내게 남은 수집품은 없다. 서울에서 이사를 자주 다니자
많은 짐이 번거로웠고, 물건을 저장하기 위해 넓은 집의 비용을 지
불하는 게 아까웠다. 지금 내가 가진 부동산의 크기는 어떤 욕심을

감당하기에는 턱없이 작다. 그래서 모으지 않는다.

　　가지고 싶은 물건을 손아귀에 넣는 순간 느끼는 성취감. 돈을 버는 건 언제나 어렵지만, 물건을 사지 않으면 스트레스를 견디며 돈을 벌 이유가 없었다. 지금의 나와 다른 생각이지만 그때는 그게 맞는 방향 같았다. 가장 손쉬운 기분전환, 수집인지 호딩인지 알 수 없는 시간을 보내며 돈과 시간을 많이 썼고 하나의 분야에 집요하게 빠져봤기에 나의 세계관 일부가 생겨났다. 경험한 만큼 자라는 견고한 개인의 내면이었다. 마지막으로 수집 욕망을 느낀 그림은 원한다고 척척 살 수 있는 물건이 아니었다. 내가 모을 수 있는 건 오직 도록, 포스터를 포함한 판화뿐이었다. 수집의 이면에는 어쩌면 훗날 가치가 올라 지금보다 더 큰돈이 될지도 모른다는 투자 심리 역시 있을 거 같다. 특히 오리지널 그림이나 가구. 진짜 돈이 되는 수집품은 뛰어난 안목으로 미래의 높은 가치를 알아보고, 희소한 작품을 구입해 아껴서 보관하다 적절한 시점에 파는 거라고 들었는데 내가 여태 했던 수집은 사자마자 중고가 되어 값이 반으로 뚝 떨어지는 소비재가 전부였다. 투자 대비 수익을 떠나 주제를 정해 모아놓은 물건이 주는 추억, 즐거움을 모르지 않는다. 그래서 지금 생활이 간소해졌다고 아무것도 수집하지 않는 건 아니다. 호기심은 버리지 않았고, 아름다움을 보는 눈도 사라지지 않았다.

"울랄라(Oh Là Là!)." 스물아홉 살, 무명의 화가들이 모여 그림을 그리는 명소인 프랑스 몽마르트르 언덕에서 작은 그림 하나를 사던 중에 프랑스어 감탄사를 배우게 되었다. 가격을 지나치게 깎았다는 의미였지만 어쨌든 거래는 성공이라며 내뱉던 프랑스 화가의 말이었다. 화가 자크는 뉴욕의 작은 갤러리에서 전시회도 했다며 홍보물을 보여주었지만, 그의 천재성을 알아봤다거나 작품 주제가 눈길을 끌었다는 특이점은 없었다. 다만 파리의 집을 그린 소품이 집에 두기 무난한 여행 기념품이 되어줄 거란 확신뿐이었다. 두 번째 소품은 일본 다카마쓰 시립미술관에서 요이치로 요다 작가의 입체 드로잉 시리즈인 〈아침밥은 중요하다(Breakfast is Important)〉 중 하나였다. 테이크아웃 커피잔에 그려진 연미복 차림의 고양이가 로브스터를 쟁반 위에 올린 모습을 마커로 쓱쓱 그린 그림. 뉴욕에서 자라고 교육받았던 탓에 일본인 작가임에도 시리얼이나 오트밀 박스처럼 미국식 아침 식사가 연상되는 여러 기물에 그림을 그린다. 그가 왜 아침 식사에 집착하는지는 알 수 없었지만 오브제의 친근함, 1만 엔 남짓의 가격은 큰 부담 없이 오리지널 아트를 소장할 수 있게 했다. 그리고 이 두 가지는 작가의 오리지널이란 이유로 지금까지 집을 장식하고 있다. '이 세상에서 나밖에 가지고 있지 않아.' 나만 알아봤다는 자기만족으로 이 익숙한 작품들을 한 번도 내다 버릴 생각을 하지 않는다. 팝 아티스트 앤디 워홀의 작품 포스터, 각종 동물 모양 장식품, 촛대 등 온갖 물건을 정리하던 중에도 살아남은 오리지널이었다. 유화 특유의 붓 터치와 펜을 사용한 방식이 선명하게 보이는 그림은 그 가치가 높지 않아도 질리지 않았다. 반면 아무리 유명한 작품이어도 오리지널 그림을 인쇄한 포스터는 밋밋하고 차가워서 쉽게 시시해졌다. 아끼는 마음이 생기지도 않았고. 하지만 전시회에서 좋은 작품을 만나면 한동안 그 감동을 간직하고 싶다.

값을 따지기 어려운 오리지널은 애초에 고려할 대상이 아니고, 액자에 넣은 포스터는 지겨워지면 처분하기 어렵고, 그래서 찾은 건 작은 그림엽서. 가장 심플하고 가볍게 작품을 소유하는 방식이었다. 손바닥만 한 크기의 엽서는 작고 가벼워 어디든 데리고 다닐 수 있다. 그림엽서는 책갈피로 사용해 책에서 튀어나오기도 하고, 집 어디에나 붙여두고 미니 전시회를 열 수도 있다. 책상 앞에 붙여두었다가 일하다 잠시 머리를 식히며 작품을 보고, 설거지할 때는 부엌 타일에 붙여둔다. 장소에 제약이 없다. 아트 포스터보다 엽서를 예찬하는 또 다른 이유는 물건과 이별하는 방식에도 있다. 주변 사람들과 아름다운 그림을 나누고 싶을 때 엽서에 편지를 쓴다. 여러 전시에서 다양한 엽서를 사들이지 않는다. 많은 엽서를 갖는 건 전혀 중요하지 않다. 하나라도 정말 마음에 드는 걸 사야 소중해지는 법이다. 그래서 엽서 세트는 구매하지 않는다. 내가 전시에서 가장 감동했던 작품을 운 좋게 엽서로 만날 때만 가끔 산다. 그래서 그림엽서를 수집한다고 믿고 있지만 실상 집에 남아 있는 엽서는 석 장도 되지 않는다. 이마저도 조만간 누군가의 축하 카드가 될 테고, 어느 날 갑자기 네가 생각나서 카페에서 몇 자 끄 적여봤다고 말하며 건네질 운명이다.

수집하고 있는 물건은 지금 내가 빠져 있는 게 무엇인지 보여주는 가장 간결하고 명확한 증거물. 사람은 사랑에 빠진 대 상에 시간과 돈을 쓰기 마련이고 많은 경험과 시도는 자신만의 취향을 만들어주는 비옥한 토양이다. 17세기 네덜란드 화가 렘브 란트는 삶 초반에 부와 명성을 얻었으나 말년은 가난하기 그지없 었던 천재 화가의 생을 보여준다. 그는 그리스 조각품, 동물 박제 등 엄청난 양의 수집품을 곤궁할 때도 사들였다고 한다. 작품 활 동에 필요한 투자가 아니었을까 싶기도 하지만, 그를 보며 무엇 이든 자신의 능력에 비해 과한 것을 바라면 몰락하게 된다는 교 훈을 얻는다. 나는 금방 사랑에 빠지는 사람처럼 여러 그림이 곧 잘 좋아지지만 집 곳곳을 오리지널 그림이나 판화로 꾸밀 여력은 없다는 걸 안다. 그래서 금방 내게서 사라져버릴 그림엽서를 잠 깐 욕망한다. 실제 물건을 모으지 않으면서도 만족하는 수집 방 식이 내게 생겼다.

*

*

*

홀로지만 두 몫을 하고 있어

좁은 집을 여유롭게 쓰고 싶어 그 어떤 물건도 쌓아두지 않고 하나의 물건을 두루 활용한다. 자주 쓸 물건이 아니라면 새 물건을 사는 일은 극히 드물다. 내가 감당하기 어려울 만큼 수입이 많고 너른 평수의 집에서 사는 사람이었다면 지금처럼 어떻게 해야 적게 갖추고 살지 궁리하지는 않았을 거 같다. 나는 타고나길 금욕적인 사람이 아니라 세상의 모든 아름다움을 지나치게 잘 알고 관심도 많던 사람이었으니까.

"제발 너는 물건을 쌍으로 사란 말이야. 왜 늘 하나씩만 사는 거야."

언니는 분명 한 쌍으로 사는 게 맞는 물건을 하나씩만 사는 내가 못마땅한 듯했다. 그건 그릇 가게 점원 역시 품던 의문이었다. 홍차 잔을 2인 세트, 4인 세트가 아닌 1인 세트만 사겠다는 나를 지그시 바라볼 때 떠오르던 의아함. 혼자 사는 게 익숙해서 다인 세트로 파는 물건이 불필요했다. 나의 사고방식으로는 홍차 잔이 같은 디자인으로 두 세트 있는 것보다 각기 다른 디자인의 잔이 두 개 있는 편이 기분에 따라 골라 쓸 수 있으니 쓰임이 많다. 그러고 보니 샴페인 잔은 2인 세트였는데 실수로 하나를 깨트렸다. 그렇게 샴페인 잔도 하나만 남았고 집에 있는 모든 컵은 홀로 존재하게 되었다. 혼자 남은 컵은 외톨이가 될 틈이 없다. 수시로 일하므로 주인의 손에 닿지 않는 선반 깊은 곳에 자리 잡은 컵보다는 세상 구경을 자주 한다. 손님이 오면 평소 내가 즐겨 쓰는 조합의 컵과 접시, 포크 등을 하나의 세트처럼 만들어 여러 그릇으로 다과상을 낸다. 통일성은 없지만 조화로움은 있다. 세트였던 컵 하나가 깨졌다고 기회는 이때다, 새 컵 세트를 장만하지 않는 마음가짐. 생활의 기본은 언제나 '가지고 있는 걸 최대한 사용하자'다.

물컵은 물만 마시지 않고 요거트도 담는다. 체리처럼 작은 과일을 담아 먹기에도 적절하다. 하나의 물건을 한 가지 용도로만 활용하는 건 물건의 잠재력을 제한하는 일이다. 그렇게 나의 살림은 확고한 1인분의 체계로 자리 잡았다. 물건이 늘어나는 게 싫어서 우선 안 사는 방향을 먼저 생각한다. 남은 채소, 과일을 담을 밀폐 용기가 여럿 필요해졌을 때도 곧바로 슈퍼마켓으로 달려가거나 온라인 쇼핑으로 적절한 물건을 검색하지 않고 집에 있는 물건으로 해결할 방법은 없을지 궁리한다. 그러다 보면 버리는 게 당연했던 좋은 품질의 일회용 용기들이 적절한 대안이 되어준다. 병조림 음식을 먹고 나서 예쁜 병을 깨끗이 씻은 뒤 밀폐 용기로 재사용한다. 크기와 높이가 일정한 밀폐 용기가 일렬종대로 각을 잡고 들어선 깔끔한 냉장고 수납은 할 수 없지만, 개성 넘치는 여러 병이 자유롭게 들어차 있는 것도 보기에 나쁘지 않다. 그런 방식으로 불필요한 물건을 들이지 않는다. 새 물건 없이도 대체 가능한 방법으로 살림을 꾸리다 보니 임기응변에 능해지는 거 같다.

주택에 사니 음식물 쓰레기 수거일이 정해져 있고, 여름에 과일 껍질에 몰려드는 초파리는 불청객이 된다. 이 문제를 해결하기 위해 냉동고에 음식물 쓰레기를 보관한다는 사람도 있지만 그럴 경우 냉동고에 세균이 증식한다는 기사도 봤겠다 기분 탓으로 그렇게 하고 싶지 않다. 이때 나는 냉동식품을 배달해 주는 스티로폼 상자에 아이스팩을 넣어 임시 아이스박스로 만든다. 여름 한철 일시적으로만 필요한 물건이었기에 사지 않는 선택을 한다. 무언가 필요하다 느낄 때 이미 가지고 있는 걸 잘 활용해도 집안 살림은 무리 없이 굴러간다. 주방뿐 아니다. 텔레비전은 없지만, 노트북 하나로 일을 하고 쉴 때 영화를 본다. 스탠드를 각 방에 용도별로 갖추지 않고 침실에서도 쓰고 일할 때도 쓴다. 쓰임새가 다양한 소수의 물건에 익숙해져 나는 별다른 불편함을 모르지만 이런 삶을 찬양하며 모두 따라야 한다고 생각지는 않는다. 빔프로젝터를 설치하고 벽면 가득한 화면으로 영화를 보는 게 좁디좁은 13인치 모니터로 보는 영화보다 더 재미있는 게 당연하다. 나 역시 그런 재미를 모를 리 없다. 영화를 보는 게 인생에서 중요한 부분이라면 투자와 관리, 유지에 드는 수고는 당연히 감당할 수 있는 일이다. 내가 침실, 좋은 잠자리에 쏟는 작은 열정처럼. 하지만 우선순위가 낮은 모든 영역에 신경을 쓰는 건 내겐 완벽주의자의 피곤함에 가까웠다.

독립한 이후 오랫동안 주거와 직장 불안정을 겪었다. 그러다 보니 생긴 '적게 가져야 행복하다'는 믿음은 아니다. 주어진 사회 환경에 맞춰 생존에 더욱 유리한 방식으로 라이프스타일을 변화시킨 것에 가깝다. 내가 돈을 버는 능력으로는 큰집, 많은 물건을 욕심내봤자 스트레스만 받는 현실이 컸다. 좋은 물건을 잔뜩 소유하고 누리는 높은 삶의 질은 신용카드 할부 결제로 이뤄지는 찰나의 망상이었고, 당장 직장을 잃으면 신기루처럼 사라질 운명이었다. 여기에 나 혼자 모든 걸 관리해야 한다는 부담은 살림을 최소로 구비하는 방식이 알맞았다. 나의 최소 생활 뒤에는 실상 체력 문제도 있다. 건강에 문제가 생겼던 탓에 체력이 또래보다 빨리 약해져 필요보다 많은 소유는 관리하기 어렵다. 어떤 삶을 살아가고 어느 정도의 수준이면 만족할지 결정하는 건 자신이다. 한 사람에게 적정한 물건의 양은 본인 빼고는 아무도 정할 수 없다. 많은 걸 갖추고 살지 않지만, 삶의 질이 떨어진다고 느끼지 않는다. 갖추지 않아서 불편하기보다 다른 방식의 삶이 있다. 자동차가 없는 나는 걷는 게 기본이라 항상 걸어서 얼마 정도 걸릴지 가늠한다. 목적지까지 30분 정도 걸리는 거리는 부담 없이 걷는다. 몹시 더운 날 걷다가 땀이 나면 에어컨 바람을 쐬며 차를 운전하고 지나가는 사람들이 쾌적해 보인다. 하지만 그때뿐이다. 대부분 없어도 괜찮았다.

내게 맞는 삶의 규모를 여전히 찾아가고 있다. 최소를 지향하는 방향은 있지만, 끝은 없다. 다만 이제야 매일 아침 눈을 떴을 때 속박되었다는 기분이 없는 하루를 마주한다. 어릴 적엔 인정받고 싶어서 남에게 보여줄 만한 일에 목을 맸고 내가 특별한 사람이라는 기분을 느끼기 위해 단 하나를 갖더라도 고급품, 갖춰 놓고 사는 삶이 아름답다 믿었다. 그런 생활도 여전히 감탄이 나오지만 실용적인 물건 위주로 적게 가지는 방식은 그 나름의 즐거움이 있다. 내가 전과 다른 가치를 추구하며 살기 시작한 지 이제 7년. 날 때부터 이런 성향의 사람인 것처럼 몸에 잘 맞는 옷을 입은 듯 이런 흐름이 당연해졌다. 찻잔은 세트로 사지 않아도 되고, 용도별로 모든 물건을 완벽히 갖추고 살지 않아도 불편하지 않은 삶. 결국, 무엇에 더 마음이 편안한지에 달렸다.

결국 스타일만 남았다

한마디로 내가 가진 옷에 대한 태도는 좋은 옷—우선 품질이 좋아야 하며, 그렇지 않더라도 손이 자주 가는 옷—으로 옷장을 채운 다음 수명이 다할 때까지 입는 것이다. 세월이 흐를수록 보기에 예쁜 옷보다 몸이 편안한 옷, 그래서 마음마저 편해지는 옷과 친해진다. 지금보다 패션에 풍부한 관심을 가지고 살았을 때는 '나만의 스타일'에 집착했다. 결국 대부분의 날을 면바지와 면 티셔츠를 입고 가끔 목을 따뜻하게 만드는 실크 스카프를 두르는 사람이 되어버렸지만. 편안해도 스타일에 무심하지 않은 차림새가 가장 나답게 차려입은 날이다. 내 몸과 마음이 어색하지 않은 옷이 나란 사람을 드러내는 스타일이 될 줄은 예전에는 미처 몰랐다.

2.

하나뿐인 스타일

오래 입기

옷장을 비우고 정리했다. 팔았고, 나눴고, 버렸다. 버림은 동네 헌옷수거함에서 이뤄졌다. 내가 정리한 옷은 어디로 갔을까. 헌옷수거함으로 들어간 유행 지난 패스트패션은 과연 누군가 입을 수 있는 옷이 되었는지 그저 지구 어딘가에 쓰레기로 남았는지 가끔 궁금했다. 낭비로 가득했던 옷장을 '손이 잘 가는 옷'이라는 효율로 채우면서 더는 재미로 옷을 사지 않겠다고 다짐했다. 환경에 소모적인 의생활을 버리겠다는 신념은 지구를 걱정하는 마음이 있을지도 모르나 모두 나를 위함이었다. 예전과 달리 순환 주기가 빠른 유행에 덜 신경 쓰고 싶었고, 옷장을 빽빽하게 채우고 싶지도 않았으며, 옷에 쓰는 돈을 줄이고 싶었다. 되도록 품질 좋은 옷을 사서 일상에서 두고두고 입는다.

    '오래 입기'는 적절한 양의 옷만 남긴 내게 찾아온 과제 같앗다. 물론 특정 패스트패션 브랜드가 문제라는 건 아니다. 저렴한 가격에 오래 입을 법한 괜찮은 옷을 아주 가끔 발견할 수도 있고 나 역시 옷장에 몇 가지 옷들이 남아 있다. 문제는 패스트패션 그 자체보다 필요해서가 아닌 그저 예뻐서 혹은 스트레스를 푼다는 이유로 옷을 샀던 과거의 태도에 있다. 지금은 옷을 사는 예산이 정해져 있고 그래서 옷을 고르는 데 신중해진다. 좋은 품질의 옷을 고심 끝에 사고 잘 관리해 오래 입는 건 적게 가지고 있기에 가능한 일이다.

가을이 다가올수록 일교차가 커지고 그때마다 어깨에 살짝 걸친 캐시미어 카디건이 든든한 보호자처럼 느껴진다. 부드러운 촉감과 따뜻함. 7년 전 만들어진 캐시미어 100퍼센트의 카디건은 조금 부풀려 말하자면 어제 산 옷처럼 깨끗하며 어느 하나 낡은 기색 없이 단정하다. '돈이 많다면 나는 캐시미어만 걸치고 살고 싶어' 할 정도로 캐시미어가 좋다. 이름만 캐시미어일 뿐 몇 해 지나면 목과 소매 언저리가 늘어나고 보풀이 이는 저품질의 캐시미어도 몇 번 사보았으나 더는 옷장에 없다. 다이아몬드 원석도 세공 기술력에 따라 투명도, 광채가 다르듯 섬유 조성 표에 캐시미어라고 쓰여 있어도 모두 같지 않았다. 원료는 같아도 누가 어떻게 만들었느냐에 따라 원단의 품질이 달라진다.

값비싼 옷과 저렴한 옷을 두루 입어보면 그 차이는 더 명확히 와 닿는다. 좋은 옷이란 유행과 무관하지만, 디자이너의 개성이 담긴 디자인을 몸에 잘 맞는 패턴으로 훌륭한 품질의 원단에 재단한 뒤 이어붙인 흔적이 남지 않는 봉제기술로 만들어낼 때 탄생한다. 가장 이상적인 옷이다. 그러니 좋은 옷을 사고 싶지만 가진 안목이 빈약하다 생각되면 명성 있는 브랜드의 옷을 고르면 된다. 아주 부자라면 말이다. 하지만 대부분 부자가 아니다. 물론 나도 부르주아와 거리가 멀다.

그런 내게 좋은 일상복은 몇 가지 기준만 충족하면 된다. 천연소재일 것—이왕이면 유기농 면, 니트는 울보다는 캐시미어, 구두는 아웃솔(구두창)과 인솔(내피) 모두 가죽 소재—, 클래식하고 단순한 디자인을 고르되 몸에 지나치게 크거나 달라붙는 옷은 제외할 것. 그리고 보통 상의보다 하의에 더 신경을 쓰는 편이다. 상의는 다양한 가격대의 옷을 입는 편이나 하의는 돈을 들인다. 내겐 옷을 사는 가격 기준이 있긴 하지만 즐겨 입는 옷이 꼭 가격과 비례하는 건 아니다. 여전히 간직하고 있는 패스트패션 브랜드 옷 중 저렴한 체크 플란넬 셔츠지만 내 몸의 형태와 드물게 궁합이 좋아서 만족하는 옷이 있다. 그래서 정말 좋은 옷은 가격과 상관없이 늘 먼저 손이 간다. 아무리 비싸도 입고 싶지 않다면 내게 맞는 옷이 아니다. 나는 예전만큼 고급 옷을 밝히지 않고, 그렇게 비싸지 않은 옷을 주로 사고 있지만 그렇다 해도 자주 쇼핑하지 않는다. 다만 가진 옷을 잘 관리하고 오래 입는 데 신경을 쓴다.

"이번에 고치긴 했지만, 다음에 또 고칠 수 있을지는 모르겠어요. 레인슈즈 소재는 잘 닳는 소모품이니까 새로 사시는 게 나을지도 몰라요."

　백화점 구두 수선 코너 직원은 끈 한쪽이 떨어져 또다시 수선을 맡기는 내 신발의 수명이 얼마 남지 않았다고 말했다. 7년 넘게 신고 있는 레인슈즈였다. 여름에 비 내리는 날과 조금 더운 날마다 함께했던 신발은 군데군데 낡았고 브랜드가 새겨진 금장 로고도 더는 반짝이지 않는다. 아마 수선비로 저렴한 신발 하나를 살 수 있었을지도 모르지만, 여름이 끝남과 동시에 수명이 다할 그런 신발은 내가 원하지 않았다. 낭비하고 싶지 않은 마음. 더이상 수선이 어려워질 때까지 끝까지 신을 참이었다. 나의 의생활은 여러 수선 전문가들의 도움을 항시 받는다. 구멍 난 양말 정도는 내가 꿰매지만, 외출복은 되도록 전문가를 찾았다. 오래된 코트 단추의 실이 느슨하게 풀리자 단단하게 달기 위해 일부러 동네 수선집에 의뢰했듯이. 나는 새 옷이 주는 기쁨을 알지만 아직 쓸모가 많은 낡은 옷을 잘 손질해 입는다. 오래되었지만 잘 관리된 낡은 옷은 빈티지풍의 옷이나 남이 입었던 구제 의류를 사는 것과는 다르다. 나만 아는 역사가 있다.

　남의 시선과 상관없이 나에게 편안한 방식으로 옷을 입기 시작한 뒤로 홀가분했다. 그런데 문제는 다른 사람과의 외출에서 벌어졌다. 집에 놀러 온 지인과 동네 식당에 가려던 찰나 내가 꺼내 입은 낡은 재킷이 눈에 차지 않았는지 그가 "너 설마 그걸 입을 생각은 아니겠지. 다른 거로 입어줘"라고 했다. 패션에 신경 쓰는 사람 눈에는 오래된 그 옷이 멋스럽게 낡았다기보다 전혀 감각 있어 보이지 않았을 테고 나는 궁색한 느낌이 없는 좋은 옷을 꺼내 입었다. 그제야 지인은 만족스러운 미소를 지었다. 나도 좋았다. 그동안 너무 남의 시선에 무심했나 싶었다.

그러자 나의 옷 입는 방식에 고민이 생겼다. 이제 나는 낡은 옷을 입어도 아무렇지 않지만 동행이 부끄러워할 수도 있겠다는 깨달음은 유행을 살짝 담고 있는 새 옷과 낡은 옷의 비율을 어떻게 맞춰 나가야 할지에 대해 고민하게 했다. 답은 언제나 간단하게 내린다. 남을 위해 옷을 입을 줄도 알아야 했다. 나 좋을 대로 입는 건 혼자의 외출로 충분하다. 가끔 가방을 들고 나타나지 않는 내게 지나치게 자신을 편하게 생각하는 게 아니냐고 했던 친구를 만나면 담을 것도 없지만 가방을 들고 나간다. 패션에 민감한 친구를 만나면 가진 옷 중 지금 유행과 밀접해 보이는 옷을 꺼내 입는다. 상대의 기분을 껄끄럽게 하는 옷차림을 나의 개성이라는 이유로 고집하지 않는다. 낡고 편안한 옷을 꺼내 입고 외출할 때면 여전히 집에 있는 기분을 느낀다. 색이 바랜 줄무늬 티셔츠에 산 지 얼마 되지 않은 카키색 면바지를 입고 낡은 스니커즈에 양말을 신는다. 선크림만 바른 화장기 없는 얼굴이다. 한눈에 봐도 고급스러운 옷차림으로 성장(盛粧)한 날에는 몸은 조금 피곤하지만, 패션에 흠뻑 빠져 살았던 내가 생각나고 상대방도 좋아하니 이 역시 즐겁다. 이런 내가 지키고 싶은 건 단 하나, 질렸다는 이유로 멀쩡한 옷을 그만 버리겠다는 약속이다. 늘어나고 낡고 색이 심하게 바래고 찢어져 수선 불가능할 때까지, 신중하게 산 옷을 가능한 한 곱게 관리하며 오래오래 입는다.

다시 시작하는 스타일링

유행에 따라 좋아하는 색이 변했다. 뉴요커가 세상 유행의 중심일
때는 그들이 즐긴다는 블랙, 화이트, 그레이 색 옷을 주로 샀다. 오
래전 심플한 블랙 원피스를 입고 회사에 간 날, 일에 바빠 신경을
쓰지 못했더니 어느새 화장은 지워져 있었다. 약간 번진 스모키 눈
화장과 붉은 립스틱 대신 드러난 원래 내 입술 색을 하고 여러 사
람과 회의실에 앉아 있었다. 어떤 상사가 지나가는 말로 내게 "블
랙은 금발에 화이트(백인)가 입으면 참 세련되어 보이는데 말이지"
라면서 무안을 줬다. 나는 그 말이 무척 오랫동안 머릿속에 남았
다. 블랙은 모두에게 잘 어울리는 세련된 컬러라고 알고 있지만 내
게는 칙칙해 보이고 전혀 맞지 않는 색상이다. 나도 안다. 내 피부
톤은 블랙, 그레이와 함께하면 생기가 없고 입술은 핏기를 잃는다.
하지만 유행이라면 양잿물도 마실 각오가 되어 있던 때여서 한계

를 받아들일 수 없었다. 나는 무엇이든 소화할 수 있어야만 했다.

과감한 옷을 많이 샀다. 골드, 선명한 빨간색, 초록색처럼 너무 튀어 쉽사리 손대지 못하는 컬러였다. 주목받고 싶다는 바람보다 옷을 사려고 여러 색깔을 몸에 맞춰보면 그런 색깔이 나의 인상을 또렷하게 보이게 했다. 그래서 늘 요란한 옷을 입는 사람이 되었다. 청바지에 흰 티셔츠만 입어도 잘 어울리면 바랄 게 없었지만 초라해 보였고, 고상해 보이는 연한 분홍색 립스틱을 바르면 내 눈코입을 나조차도 구분하기 어려웠다. 특히 살몬색 립스틱이 유행이라서 한 번 발라봤던 날 화장품 가게 직원도 웃고 나도 웃고 친구도 웃었다. 한마디로 밋밋했다. 존재감을 지우고 싶을 때 그렇게 메이크업하면 될 듯했다.

퍼스널 컬러가 지금처럼 주목받지 않았던 시절. 쇼핑하러 가면 어울려, 안 어울려 정도였지 나는 웜톤이니까, 쿨톤이니까 하고 구분하지는 않았다. 퍼스널 컬러는 사계절의 이미지에 빗대어 개인의 신체 색을 분류하는 방법인데, 스타일을 연출할 때 자신의 신체 색과 조화를 이루는 컬러는 외모를 생기 있고 돋보이게 만드나 그렇지 않을 경우 칙칙하고 결점을 드러낸다고 한다. '봄 클리어'는 나의 퍼스널 컬러. 컬러 컨설팅을 받은 결과다. 민 낮에 여러 컬러 텍스타일을 대어보며 컨설턴트와 어울리는 색상을 찾아나가는 과정에서 나의 세부 톤을 알게 되었다. 봄 이미지의 사람. 채도 높은 선명한 색이 내게 맞았다. 밝은 갈색 눈동자, 홍조가 전혀 없는 노란 느낌이 도는 밝은 피부색, 타고난 머리카락은 짙은 갈색. 어릴 때 우리나라 사람은 무조건 검은 눈동자를 가진 줄 알았지만 나의 눈동자는 칠흑처럼 검지 않았다. 어른이 되면 눈동자 색깔이 검어질 거라 믿었지만 그런 일은 없었다. 내 눈동자 색깔은 엄마와 같았고, 외할아버지의 눈동자 색깔을 물려받은 엄마 역시 젊었을 때 과감한 색상을 즐겨 입으셨다. 노란색 민소매 티셔츠, 초록색 또는 붉은색 재킷. 신호등처럼 뚜렷한 색을 소화했다. 외가의 유전자를 받은 나 역시 화려하게 꾸몄다. 취향이라기보다 시간과 돈을 많이 쓴 쇼핑 끝에 어울리는 옷이 그러했다.

지금 나의 옷장에는 내 신체 색과 어울리는 옷이 별로 없다. 내게 가장 많은 옷은 블루 계열로 컨설팅에서 워스트 컬러라 했던 탁한 네이비가 대부분이다. 나의 외모를 돋보이게 할 옷차림 대신 내가 추구하는 이미지를 좇은 결과다. 차분한 이미지를 원했기에 짙은 네이비, 약간의 블랙으로 어두운 색조의 옷을 들였고, 깔끔한 화이트로 대비를 줬다. 늘 절제해서 입고 싶지만 세련된 느낌보다 어딘가 조촐한 꼴이 되어버리니 화려한 색깔의 스카프를 목에 두르는 게 스타일의 마무리다. 채도 높은 오렌지 계열 스카프 한 장이면 얼굴에 생기가 돈다. 타고난 신체 색 때문에 취향 색깔인 쿨톤의 단정한 옷이 어울리지 않는 억울함. 컨설턴트가 "고객님은 무지개 중에 '빨주노초' 중심으로 고려하시면 쉬워요"라고 했지만, 유치원생도 아니고 그런 원색은 곤란했다. 하지만 내가 봐도 채도 높은 따뜻한 색을 입으면 화사해 보였다. 물론 좋은 점도 있다. 립스틱 하나로 색조 화장을 줄여도 만족할 수 있었던 이유는 내게 어울리는 메이크업이었기 때문이다. 눈을 강조하는 스모키 메이크업은 나와 맞지 않는다. 칙칙하고 어색한 화장이다. 내 신체색을 몰랐을 때는 외꺼풀의 작은 눈이 문제인 줄 알았는데 단지 짙은 스모키 화장이 눈 색깔과 피부톤에 어울리지 않아서였다니. 봄 클리어의 눈 화장은 갈색 아이라이너와 마스카라 정도로 절제해 연출하는 편이 어울린다고 한다. 옐로 베이스 파운데이션으로 피부톤을 깔끔히 정리하고 코랄 혹은 레드 계열의 립스틱만 발라도 얼굴은 아주 생기 있어 보였다.

내 눈에 예뻐 보였던 스타, 모델, SNS 인플루언서들의 옷차림이 나에게도 어울릴 거란 보장은 없다. 남들의 스타일링을 참고하면 대부분 실패하는 쇼핑을 했다. 물론 어울리지 않다는 걸 알면서도 사고 싶었다. 나의 욕망은 그들이 가진 이미지였다. 내가 가지고 태어난 걸 돋보이게 만드는 건 나를 속속들이 파악하고 있어야 하는 어려운 일이다. 나보다 아름다운 타인의 선택을 따라 하는 건 손쉽다. 프랑스의 정신분석학자 라캉이 "인간은 타인의 욕망을 욕망한다"라고 말했던 것처럼 대부분이 감탄하는 인기 있는 사람을 모방하는 거야말로 가장 쉽게 타인의 욕망을 내 것으로 만드는 방법 같았다.

몸에 불편한 차림도 패션이란 이름 아래 참을 수 있는 시기가 지났고, 유행하는 옷과 액세서리가 남보다 부족해서 불행했던 나도 사라졌다. 이제 유행이 무엇인지는 알지만 참고만 한다. 남을 따르기보다 나를 알아가는 과정에서 분별력이 키워진다. 컬러 컨설팅을 받은 것도 그중 하나였다. 예전처럼 주말마다 쇼핑몰로 달려가는 사람이 아닌지라 쇼핑에 할애하는 시간을 줄이고 싶었고, 주어진 예산 내에서 덜 실패하는 쇼핑을 하고 싶었다. 곧 불혹을 넘기면 흰머리가 늘어날 텐데 결국 한동안 염색은 필수가 될 테고 그렇다면 무슨 색으로 해야 어울릴지도 알아두어야 했다. 많이 사고 입어봤다고 해서 자신을 확실히 아는 건 아니었기에 나를 처음 본 전문가의 객관적인 의견은 도움이 되었다. 오랜 경험으로 어렴풋이 알고 있었던 내게 적합한 스타일을 진단받은 뒤로 고민이 줄었다. 앞으로 덜 헤매고 괜찮은 결정을 할 수 있는 기준점 하나가 생겼다. 가끔 나를 잘 알기 위해 타인이 필요하다. 물론 내가 인정할 수 있는 전문가 혹은 내가 신뢰하는 지인에게 요청한 조언만 유효하다. 지나가는 말처럼 외모 평가를 하며 상처 주는 사람의 말은 듣지 않는다. 다만 어두운 기억 속에 남아 있을 뿐이다.

내게 최고로 잘 어울리는 색인 빨간색 원피스 두 벌을 제외하면 옷장에 남은 건 중간톤, 무채색 그리고 블루 계열. 내게 딱 맞는 색은 아니지만 컬러는 무한하고 여전히 색을 쓰는 데 한계를 두고 싶지 않다. 나는 타고난 이미지를 넘어서 가꿔 나가고 싶은 분위기가 있다. 그래서 지금 가지고 있는 옷장을 갈아치울 시도는 하지 않는다. 무채색 옷과 나의 얼굴 사이에 화사한 다리를 놓아줄 과감하고 선명한 스카프가 있기에 몇 번 입고 나면 질려버릴 게 분명한 원색 옷으로 옷장을 바꾸지 않아도 괜찮다. 고상한 색상이 어울리지 않아 아쉬운 마음이 크지만 밝고, 젊고, 생기 있는 컬러가 잘 어울리는 신체 색도 근사하다. 긍정적인 기운이 깃든 색은 나의 컬러. 이제 취향적 색상에만 얽매이지 않고 타고난 신체 색과 맞는 컬러도 고려해 천천히 옷장을 채워볼 참이다.

스토리를 담은 보석 하나

플라스틱 귀걸이는 모조리 버리고 고등학교 때부터 사 모았던 금
붙이는 전부 금은방으로. 플라스틱 귀걸이는 유행이 지나 촌스럽
고 싼티가 줄줄 흘렀으며, 금귀걸이 역시 수년간 단 한 번도 착용
하지 않은 것투성이다. 금을 팔아 받은 얼마간의 현금을 통장에 넣
어두며 나는 딱 하나, 평생 아껴서 차고 싶은 귀걸이를 언젠가는
찾아낼 거라고 쓸데없는 다짐을 한다. 소지품을 줄인 뒤로 '하나밖
에 없다'라는 사실에 큰 가치를 두고 물건을 신중히 고른다. 하나
뿐이면 그게 전부이니 참 소중해지지 않느냐고. 무슨 물건이든 특
별해진다고 말이다. 몸에 걸친 게 적을수록 편하고 자유롭다. 잃어
버리면 어떡하나 걱정할 장신구가 하나도 없는 상태로 외출하는
건 정말 홀가분하고. 그래도 몸에 옷만 덜렁 걸친 듯 어딘가 허전
하면 딱 하나 있는 팔찌를 찬다. 옷차림에 무게가 생긴다.

하나의 물건에 집착하며 마음에 드는 귀걸이를 찾아내고 싶었다. 이왕이면 탄생석인 진주 귀걸이인데 여기에 어떤 이야기가 덧붙여지면 좋겠다는 소망을 오랫동안 간직하고 있었다. 프랑스 오브제 감정사의 북콘서트에서 "가치 있는 오브제는 이야기가 숨겨져 있다"라는 말을 나의 유일한 귀걸이를 얻고 나서 3년 후 듣게 되었다. 이야깃거리, 추억거리를 변치 않는 보석 하나에 담아 소장하고 싶다는 욕망이 나만의 유별난 일은 아니었던 모양이다. 특별한 이야기를 찾고 싶지만 로맨틱한 프러포즈의 순간이나 벼룩시장에서 샀건만 알고 보니 엄청난 가치를 지닌 위대한 보물 같은 드라마는 없다. 나의 현실에선 그렇다. 누군가 가져다줄 이야깃거리는 없지만 소중하게 여겨질 단 하나의 귀걸이는 도대체 어떻게 마주치게 될지 혹시나 하는 기대를 했다. 순간 혹한다고, 예쁘다고 덜컥 아무거나 사지 않았다. 기내 면세 잡지에 있는 진주 귀걸이의 시세를 비교하다가도 티파니 진주 귀걸이를 구경하다가도 이건 그냥 쇼핑에 불과하다는 생각에 이내 시시해지곤 했다. 이야기는커녕 눈에 들어오는 귀걸이를 발견하지 못해 심드렁해지자 물건을 찾아 헤맨다는 사실 자체가 무척 피곤하게 느껴졌다. 없어도 그만이다. 세 개뿐인, 용도는 각기 하나뿐인 액세서리에 귀걸이 하나 더하고 싶어서 안달하는 내가 우습기도 했다.

휴가란 비일상적인 날의 연속을 의미하고, 이성보다 감성이 앞서는 관광객은 언제나 지갑을 쉽게 열 준비가 되어 있다. 컨디션이 망가진다는 이유로 10시간 이상 비행기를 타고 시차 적응을 하느니 〈걸어서 세계속으로〉를 보겠다는 내가 마지막으로 멀리 떠난 휴가는 이탈리아 피렌체였다. 나보다 한 살 많지만, 친구처럼 지내는 M과 새벽부터 일어나 돌아다니다 느지막한 오후에 까무룩 잠이 들어 자정 무렵 깨던 날 중 하나. 내가 피렌체에 온 이유, 우피치 미술관을 가기 위해 길을 나선다. 친구 M도 나란히 걷는다. 나는 그날 무슨 기분 좋은 일이라도 일어나길 바라는 사람처럼 들떴고, M도 그래 보였다.

나만의 미신적 관점이지만, 사람은 자신의 이름을 따라 산다고 믿는다. 내 이름 미경(美景)의 한자어에 담긴 아름다운 경치에 걸맞게 주변의 아름다움에 쉽게 빠져든다. 미술관을 좋아하는 이유였다. 그러다 보니 곧잘 분위기에 매료되어 그 느낌을 담은 무언가를 가지고 싶어 한다.

그날도 그랬다. 미술관 관계자들이 나를 불러놓고 카메오 세공의 특징과 역사를 설명하며 패키지 투어에서 라텍스 팔듯이 작품을 파는 일은 당연히 없었는데도 베키오 다리에 즐비한 보석상 한 군데서 카메오 귀걸이 한 쌍을 샀다. 꼭 필요한지 열 번 생각하며 쇼핑 앞에 신중해진다는 내 생각의 속도를 5초로 단축했을 정도로 고민하지 않았다. 색깔 층이 다른 돌이나 조개껍질에 초상을 돋을새김 해 만들어지는 카메오가 그렇게 내게 올 줄 몰랐다.

게다가 유명 브랜드도 아니고, 서울로 치면 종로 3가에 즐비한 금은방 같은 데서 사게 될 줄은 더더욱 몰랐고. 우피치 미술관에서 회화 아닌 조각 작품에 푹 빠졌다는 이유로 카메오 귀걸이 한 쌍을 사며 아주 작은 조각 작품을 소장한 기분을 느꼈노라고 지금의 나는 회상한다.

서울에서 카메오 귀걸이를 매달고 집 밖을 나설 때마다 나는 피렌체의 뜨거운 태양, 친절했던 피렌체 사람, 불친절했던 피렌체 사람, 우리에게 조지 클루니와 줄리아 로버츠가 영화 시사회를 마치고 이곳 카페에 오기 때문에 VIP 세팅을 한다고 속였던 이탈리아 아저씨를 생각한다. M과 따로 떨어져 피렌체의 한 서점에서 오랫동안 단 한 줄도 읽을 수 없는 이탈리아어로 쓰인 책을 들춰보다 그보다 익숙한 영어 원서 책을 한 권 샀던 순간. 미켈란젤로 광장에 앉아 책을 펼쳐 보던 평온한 시간 말이다. 이 작은 귀걸이에 그 모든 이야기를 저장해두었고, 귀걸이가 잘 있나 만지작거리며 확인할 때마다 나는 그 시간의 한 조각을 꺼내 다시 맛본다. 잃어버리면 많이 아쉬워질 거 같은 소유물을 기어코 하나 사버려서 귀걸이를 차고 나갈 때만큼은 예전보다 마음 가벼운 사람은 되지 못한다. 그래도 소중히 떠올릴 순간이 있으니 그걸로 비긴 셈 친다. 귀걸이를 차면 피렌체를 담은 추억을, 팔찌를 차면 힘든 시기에 셀프 선물하며 받은 위로를, 가뭄에 콩 나듯 차는 가족이 선물한 반지와 목걸이에서는 애정을 느낀다. 새끼손톱만 한 귀걸이 한 쌍이 생겨도 여전히 손바닥 하나도 다 채우지 못하는 네 점의 액세서리가 내게 더없이 귀한 보석이 된다.

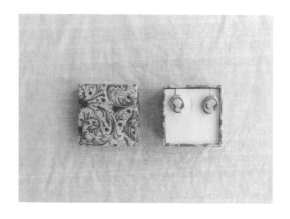

실크 스카프를 목에 두른 슈퍼 히어로

미국식 영웅주의로 가득한 영화를 볼 때면 왜 슈퍼 히어로들은 위기의 순간에 그들만의 슈트를 입는지 궁금했다. '티셔츠와 반바지를 입고 세상을 구해도 되잖아. 한시가 급하다고.' 물론 극적인 변화의 요소도 있고, 자신의 영웅성을 차별화되는 브랜드로 만들겠다는 상징도 있겠지만, 그 슈트가 있기에 평범한 사람들 속에 섞여서 조용히 살아가는 그들이 순식간에 악과 맞서 싸우는 초현실적인 존재가 된다. 일상에도 영화처럼 극적인 상황들이 생기기 마련이어서 용기가 필요할 때 의지할 수 있는 상징적인 물건이 필요하다. 청심환처럼 직접적으로 긴장을 완화해주는 약도 있지만, 늘 그렇게 살 수 없기에 때때로 슈퍼 히어로의 슈트 같은 나만의 자신감 충전기가 필요하다. 한없이 약한 인간인 나는 그렇다. 한때 나에겐 키를 10센티미터 정도 보태주던 킬힐이 그런 존재였다. 살짝 긴장을 풀고 '나는 대단한 사람이다. 해낼 수 있다!' 자기암시를 하며 발표, 비즈니스 미팅 등 굳센 마음이 필요한 순간에 힘을 얻었다. 그런데 체력과 건강상의 문제로 킬힐을 없앤 나는 낮은 굽을 신고도 그런 마음을 먹을 수 있는 아이템 하나를 발견했다. 바로 실크 스카프.

나의 옷차림에서 쉽게 발견할 수 있는 스카프를 매게 된 계기는 얼굴빛을 살리려는 의도는 아니었고, 실상 가리고 싶은 단점에서 생겨났다. 스카프란 건 잘 매면 단정하고 갖춰 입은 듯 예쁘지만, 어떻게 보면 고전적이며 답답해 보이기도 한다. 자유로운 분위기보다 격식 쪽에 가깝달까. 그런 내게 스카프가 자신감을 가져다주는 부적 같은 아이템이 된 건 목에 생긴 흉터를 가리기 위해서다. 보험 처리도 되지 않는 피부과 치료비를 지불하고, 목에 붙은 거즈와 의료용 밴드를 슬쩍 매만지며 종합병원을 빠져나오던 나는 인생은 예측할 수 없다는 뻔한 생각을 다시금 했다. 내가 열심히 하면, 모나지 않게 살면 아무 문제 없을 거고 계획대로 될 거라는 확신을 가질 때마다 그런 나를 비웃듯 위기는 생긴다. 그러다 보니 내가 그토록 좋아하던 계획은 곧잘 무의미해진다. 그즈음 나는 흉터가 제대로 치료될지 걱정스러운 마음으로 병원에 다니고 있었고 치료 받고 집으로 돌아가던 길에 곧잘 비참한 기분에 사로잡혔다. 갑자기 처지가 변하면 아주 긍정적인 사람도 달라진 상황을 받아들일 때까지 우울함에 사로잡힐 수밖에 없다. 그건 인간이기에 당연히 겪을 수밖에 없는 과정이다.

　병원에서 나오며 흉터를 가리기 위해 정방향의 넓은 스카프를 사야겠다고 마음먹었다. 기분이 흉측했고 내 삶에 리셋 버튼을 누르고 싶었을 때 오랜 버릇처럼 쇼핑을 가장 먼저 떠올렸다. 백화점에서 점원이 추천하는 여러 실크 스카프 중 가장 화사하고 발랄한 디자인을 골랐다. 가장자리에 초록색 테두리가 덧대어져 있는 캐주얼한 분위기의 오렌지색 스카프를 발견한 나는 이 스카프는 그렇게 기품을 강조하지 않으며 내가 가진 어느 옷에나 잘 어울릴 거라 직관했다. 치료 후 목에 붙어 있는 거즈 위로 실크 스카프가 덮이자 침울한 기분이 바로 들뜬 마음으로 달라졌다. 내 마음에 쏙 드는 물건이 가진 치유의 힘이었다. 쇼핑 치료라는 말이 있다. 공허한 마음을 물건으로 채우는 방법인데 심하면 소비중독으로 치료해야 할 대상으로 여겨진다. 싸고 무이자 할부가 길다는 이유로 홈쇼핑에서 불필요한 물건을 자꾸 주문해 쌓아두고, 돈이 없는데도 명품 수집에 열을 올리고, 패스트패션 브랜드가 세일한다는 이유로 십여 벌이 훨씬 넘는 옷을 사며 100만 원이 넘게 돈을 쓰고 태그도 떼지 않고 쌓아두는 것처럼. 하지만 세상 모든 일에는 어둡고 밝은 양면이 있기에 쇼핑은 제대로 하면 실제로 상처 난 마음을 달래준다. 내게는 여전히 목에 희미하게 남은 흉터를 가려줄 스카프가 그런 힘을 가졌다.

 지금도 옷을 입을 때 가급적 목까지 올라오는 디자인이 좋고, 목에는 스카프를 자주 두르고 다닌다. 감추고 싶은 약점을 스카프로 승화시킨 뒤로 사람들은 나를 기억할 때 스카프를 먼저 떠올린다. 스카프를 두른 나는 히어로까지는 아니지만, 약점을 숨기고 있기에 어느 정도 자신감이 생긴다. 남들은 신경 쓰지 않는 나만 아는 약점, 나의 연약한 구석을 인지하고 있기에 가끔 자만심이 솟아나면 약점을 떠올리며 억누른다. 약점을 안고 살아가는 방식은 사람마다 다르겠지만 무조건 숨기기보다 조금은 미화시켜서 드러내는 편이 정신 건강에 도움이 될 때가 있다. 감추려만 들면 어두운 그늘 하나가 생겨버린 기분이고 내뱉지 않으면 움츠러들 수밖에 없으니까. 그런 이유로, 지나가는 말로 "스카프를 참 좋아하시네요" 하는 사람들에게 "네, 좋아해요(저만의 슈퍼 히어로 슈트거든요)"라고 짧게 긍정할 수 있다. 좋아한다는 말을 반복할 때면 스카프로 살짝 가린 나의 흉터를 긍정하고, 좋아하게 되는 착각이 든다.

모직 양말을 신어야 겨울이 온다

코트를 입기 전 늦가을의 옷차림을 가장 좋아한다. 오래 입어서 조금 헐렁해진 낡은 청바지에 체크 셔츠를 안에 입고 조금 두껍고 따뜻하지만 지나치게 오버사이즈는 아닌 울 니트를 겹쳐 입는다. 가장 중요한 건 모직 양말을 신고 있는지다. 면양말로는 초겨울부터 시작되는 쌀쌀하고 혹독한 날씨의 즐거움을 처음부터 끝까지 단하나도 누릴 수 없기에 모직 양말이야말로 찬 바람이 불어오기 시작하면 최소한 세 컬레는 새로 구비해두어야 하는 물건이다. 이런옷차림을 했다면 손에는 따뜻한 차, 옆구리에는 계절과 어울리는 북유럽이나 러시아 문학 책 같은 걸 한 권 끼고 다소 한기가 느껴지는 실내나 아직은 앉아 있어도 그렇게 춥지 않은 공원 벤치로 간다. 그렇게 나는 겨울나기 준비를 끝낸다.

청설모는 겨울에 꺼내 먹으려 도토리와 같은 식량을 모아 어딘가에 묻어두지만, 곧잘 그 장소를 까먹는다고 한다. 그래서 나무의 열매는 그러니까 씨앗은 청설모의 단기 기억상실증에 도움을 받아 숲으로 퍼지며 번식한다. 내겐 한때 깊은 서랍장 속 낡은 양말과 속옷이 건망증인지 무심함인지 알 수 없이 방치된 존재였다. 목 늘어나고 구멍 난 낡은 양말을 버리는 걸 까먹거나 쓸데없이 간직하는 성향이어서 서랍장은 잘 열리지 않는, 또 무엇이 들어 있는지 모르는 물건이 되어버렸다. 마치 자가번식이라도 하는 양 언제 샀는지 기억조차 안 나는 양말도 있었다. 청설모의 건망증은 생태계에 도움이 되지만, 방치된 서랍장은 어딘가 막히고 불편해지는 기분을 선사할 뿐이다. 지금은 살아가는 데 불편하지 않을 정도로만 속옷과 양말을 갖고 있다. 그중 양말은 여러 디자인을 고른다. 속옷은 편안함, 면 소재, 스킨 또는 하얀색과 같이 지루하기 짝이 없는 취향이면서 양말만큼은 사막여우가 그려진 귀여운 핑크색부터 무채색의 아무 무늬도 없는 단정한 종류까지 가리지 않고 산다.

모직 양말은 길어야 두 번의 겨울을 같이 나면 해진다. 면 양말보다 수명이 더 짧다. 추운 날씨에 매일 찾아 신는다는 점도 있지만, 세탁하고 따뜻한 아랫목에서 말리는 나날을 반복하다 보면 양모 특유의 성질 때문에 조금씩 줄어든다. 세탁라벨에 물세탁이 가능하다 적혀 있어도 근본이 양모니까 면처럼 오래될수록 늘어나지 않고 쪼그라드는 게 이치다. 면양말보다 비싼 모직 양말이지만 결국 소모품인지라 줄어들고 구멍 나서 버릴 때마다 조금 아깝다. 하지만 발부터 느껴지는 따뜻함의 온기는 우리가 비록 함께 하는 계절이 이번 한 번뿐임에도 충분히 가치 있다고 말한다. 발의 보온만이 목적이라면 꼭 양모 소재가 아니어도 된다. 아크릴과 나일론에 면이 섞인 소재가 훨씬 따뜻할 수 있다. 그러나 그건 따뜻함보다는 덥다는 감각에 가깝다. 열이 나는, 고로 뒤따라오는 땀은 아크릴과 나일론 같은 합성섬유의 비율이 높을 때 보송하게 흡수되기 어렵다. 게다가 닳기 시작하면 양말에서 번들거리는 빛이 나고 가뜩이나 건조한 겨울 날씨에 정전기와 함께 피부는 더욱 메마른다. 그런 양말을 신을 바에야 나는 차라리 면양말 두 개를 겹쳐 신는 편이다. 세월이 흐르면 취향은 변하기 마련이지만, 아직 견고한 취향 하나는 천연소재 애호다. 모직 양말이 가진 고급스러운 포근함. 하지만 100퍼센트 모직 양말은 아직 찾지 못했다. 그래서 모직 양말을 살 때 뚫어져라 태그를 보고 울의 함유량이 가장 높은 걸 고른다.

언제나 여름이 더 좋았다. 땀이 흐르는 불쾌함도 추운 날씨보다는 참을 만했다. 겨울은 봄이 올 때까지 버티는 계절일 뿐이었고, 그래서 준비할 게 참 많은 계절이기도 했다. 아궁이에 불을 때서 생활한 옛날 사람이었다면 나는 여름부터 부지런히 산에서 잔나뭇가지를 잔뜩 모아댈 게 분명하다. 지금은 겨울에 난방비 지출은 아낌없이 하는 확실히 편한 생활. 집에서는 그렇게 겨울을 준비하지만 외출할 때면 체온을 올리기 위해 빠트리지 않고 발에는 모직 양말, 목에는 머플러, 하의는 내의를 챙겨 입고, 상의는 얇은 옷을 두세 겹 꺼입는다. 손에는 장갑, 머리에는 모자. 체온에 신경 쓴 옷차림 그리고 잘 먹고 운동하는 기본적인 습관 덕분에 확실히 겨울에 감기를 달고 살지 않게 되었다. 문득 손발이 차면서도 겨울에는 귀찮다는 이유로 혹은 둔해 보인다는 이유로 맨발로 살던 젊은 날이 떠오른다. 치마를 입을 땐 스타킹을 신었지만, 바지를 입을 때 대부분 맨발이었다. 지금은 반대다. 피부를 건조하고 가렵게 만드는 스타킹 대신 마음에 드는 모직 내의를 입고 싶다. 아직 괜찮은 물건을 발견하지 못해 면내의를 입지만 대신 모직 양말은 있다. 그래서 올겨울도 춥지 않다.

미래의 나를 만난 날

주말 아침 8시에 집에서 나와 친구와 조조 영화를 보고, 백화점 안에 있는 국숫집에서 점심을 먹고 있다. 나도 모르게 흘깃 내 시선 대각선 방향에 앉아 있는 어떤 할머니에게 자꾸 눈길이 가서 조심하는 중이었다. 이름 모를 할머니는 동행인 할아버지와 조용히 식사 중이고, 집에 있는 내 옷과 같은 옷을 입고 있다. 일상복으로 청바지에 티 한 장, 격식을 차려야 하는 자리에서는 늘 정장을 강조하는 엄마가 아줌마들이나 입는 옷을 아가씨인 내가 입는다며 싫어하는 옷이다. 플리츠(주름 옷). 엄마 말처럼 어르신들이 좋아할 모든 요소를 갖추고 있다. 몸에 달라붙지 않으면서 날씬해 보이고, 안 입은 듯 가볍고, 세탁도 편하고, 여행 갈 때 둘둘 말아 챙겨가면 되므로 가방 안에서 부피도 무게도 차지하지 않는다. 나는 식당에서 만난 할머니의 모습을 보며 나도 늙어서까지 그 옷을 입게 되면 저렇게 보이려나 가늠해본다. 할머니는 백발이 성성한 머리를 짧고 단정하게 다듬었고, 옷차림은 흠잡을 곳 없이 깨끗했으며 무엇보다 식사 매너가 좋았다. 패션은 결국 태도라더니. 같은 옷을 입어서 자꾸 보았다기보다 흐트러짐 없는 자세에 감탄했기에 눈을 떼기 어려웠다. 실례되니 의식적으로 시선을 주지 않으며 노년의 내 모습에 대한 상상의 나래를 펼친다. 저런 모습으로 늙어가고 싶다는 구체적인 이미지를 그려보지만 나이 든 내 모습은 아무래도 상상이 안 된다.

롤모델은 정해지지 않은 인생에 방향을 제시하는 이정표 같은 존재. 추구하고 싶은 허상이자 때로는 완벽한 이상향. 변덕스럽고, 불완전해서 다소 불행한 내가 아닌 완벽한 인생을 살아가는 듯 보이는 타인을 만나면 온통 마음을 빼앗겨버린다. 나의 롤모델은 늘 패션적으로 완전한 인물이었다. 여러 유명한 패셔니스타들이 나의 마음을 흔들었지만, 마지막은 주로 마르고 지적으로 생긴 외모에 청바지와 검은색 니트를 헐렁하게 걸친 모습의 배우나 모델들이었다. 내가 추구하는 패션 스타일을 몽땅 모으며 어떻게 비슷한 분위기를 연출할 수 있을지 연구했다. 지금 내가 옷을 고르는 방식, 입는 방식의 아주 작은 부분은 그때 습득한 일부이다. 태어나면서 자신만으로 모든 걸 알게 되는 사람은 없다. 우리는 늘 누군가를 조금씩 모방하며 자신만의 스타일로 만든다.

다만 심하게 몰입하면 그 사람이 입고 있는 옷을 산다는 단순한 물건 소비를 넘어 자기 생각에 완벽하고 이상적인 신체 이미지에 맞추려 성형에 기웃거리고, 행동하는 모든 걸 규정하기도 한다. 모방이 아닌 일치를 추구하면 고유한 자신을 잃어버리기 쉽다.

지금은 특정인을 추종하는 형태로 스타일 롤모델을 두지 않는다. 드디어 자기중심을 잘 잡고 살게 되어서라기보다 일종의 깨우침이었다. 나는 내가 아닌 다른 사람이 될 수 없다. 어떤 우상화된 이미지가 아니라 내 마음이 끌리는 순간을 다시 보게 된다. 바른 태도를 가진 할머니, 지나가던 누군가의 경쾌한 웃음처럼 내가 부족한 면을 가지고 있는 여러 사람으로부터 배울 점을 발견한다. 나도 어떤 부분에서는 누군가의 롤모델이 될 수도 있다. 그게 무엇인지 모르지만 약간의 책임감으로 함부로 행동하지 않는다.

"나는 정말 패셔니스타 할머니로 늙을 거야."

보헤미안이 연상되는 롱스커트에 샌들, 짧은 백발을 휘날리며 걷는 광화문 한복판에서 만난 할머니를 슬쩍 본 친구 A는 스쳐가는 할머니의 모습에 자신의 노년 모습을 대입하는 듯했다. 나는 그 할머니의 모습을 보며 나이 들어서도 그냥 편한 옷차림이 아닌 스타일이 있는 차림새에 감탄했다. 그러고 보면 요즘 주위 친구들이 노년의 모습을 자주 말한다. 친구 B는 흰머리 몇 가닥을 보여

주며 염색 안 하고 이대로 새하얗게 머리가 세도록 내버려둘 거라
고 했다. 노년까지 20여 년은 남은 거 같은데 우리는 왜 미래의 외
모에 대한 다짐을 자꾸 하는 걸까. 지금까지 노년은 사실 상상하기
어려운 문제였다. 불과 몇 해 전까지도 내 손의 포동포동함이 촌스
럽다 여겨졌는데, 어느새 손등 피부는 탄력을 잃어 얇아졌고 덕분에
혈관이 튀어나온다. 거울을 보지 않으면 흰머리 같은 건 알 수 없
지만, 늘 보는 손에서 내가 나이 들어감을 실감한다. 두렵다. 뭘 바
른다고 회복이 되겠나 싶은 마음이 드는 순간, 나이 들어감은 기정
사실이 된다. 덕분에 앞으로 변치 않고 꼭 가져가야 할 것과 버려
도 상관없는 게 무엇인지 대략 결정할 수 있다.

　　유행은 버리고 싶고, 체형은 지키고 싶다. 좋은 소재의 기
본 디자인을 사고, 세탁과 수선을 하며 옷을 잘 관리하면 할머니
가 되어서도 입을 수 있는 옷은 분명 여러 종류다. 옷장 속에 나와
함께 나이 든 질 좋은 코트와 머플러가 내겐 그 증거다. 그래서 옷
이 망가져서가 아닌, 체형의 변화가 같은 옷을 입을 수 없게 할 거
란 생각을 한다. 지금도 조금씩 달라지는 몸에 확연한 변화가 일어
나지 않도록 몸 자체에 신경을 쓴다. 허리를 펴려고 의식적으로 노
력하고, 골반이 비틀어지지 않도록 다리를 꼬지 않고, 요가를 하고
자주 걸어 다닌다. 예전보다 몸 자체에 신경 쓰며 살아도 어떤 모
습으로 나이 들지는 전혀 알 수 없다.

대부분의 과거는 좀 더 해볼걸, 다른 선택을 할걸, 하며 후회하는 부분이 있지만 나는 옷에 있어서만큼은 유행하는 옷은 물론 입고 싶은 스타일 대부분에 도전해봤고 일말의 아쉬움도 없다. 미니스커트, 홀터넥, 비키니, 광채가 번쩍이는 파티 드레스……. 과거 나의 과감한 스타일 실험은 추억으로 남았다. 내 안의 어딘가에 있는 예술가 기질이 드러나기를 항상 원했지만 결국 발견하지 못했던 시절은 다시 돌아오지 않는다. 그건 나이가 늦었다는 핑계라기보다 내가 돌이킬 생각이 없어서다. 앞으로 입고 싶은 건 지금도 즐겨 입는 편안한 니트, 면 티셔츠, 코트 같은 심플한 모든 옷. 노년에는 종아리 반을 가린 넉넉한 리넨 원피스에 카디건, 체형을 잘 지켜 지금 가진 옷을 계속 입고 싶다. 나를 누르는 옷의 중량이 모두 가볍고 내 몸의 자세도 생각보다 덜 흐트러져 있다면 아마도 노년의 나는 '곱게 늙었다'라며 만족하겠지. 깃털처럼 아무 구속 없이, 호화로운 보석 따위는 차지 않고.

일단 움직인다

그동안 나는 몸을 쓰지 않았기에 육체를 나약하게 만들었다. 머릿속에 계획만 가득했을 뿐 몸이 게을러 마음을 병들게 했다. 이제 몸을 움직이며 균형을 찾는다. 과도한 화장품, 네일아트 등 꾸밈 비용을 줄였다. 대신 호흡, 꾸준히 하는 운동 하나, 바른 자세, 마사지를 더한다.

처음부터 끝까지 내가 소유할 수 있는 유일한 한 가지는 몸이지만 너무 늦게 관심을 가졌다. 내가 몇 살이든 나이에 맞는 체력 단련법과 운동법은 있다. 나이 들며 조금씩 달라지는 몸의 구석구석에 관심을 기울인다. 안이 건강해야 겉이 빛나고, 몸이 건강하다는 증거는 종합 건강검진표가 아닌, 어느 하나 신경 쓰이는 데 없이 가뿐하고 상쾌한 몸과 마음이 말해주는 것이다.

3.

앞으로의 몸과 마음

((
((
((

마흔에는 날개를 달고 싶다

나이 들면 숨길 수 없는 뱃살. 한때는 한 끼만 먹지 않아도 배가 홀쭉해졌는데 지금은 굶어도 기본적인 뱃살이 잡힌다. 몸의 다른 부위가 피골이 상접하게 살이 빠져도 배는 E.T.다. '나잇살이 이런 거구나' 하고 깨닫기 전에 더 일찍 몸에 관심을 가질걸. 그동안 체력이 해야 마땅한 부분까지 정신력으로 버티다 보니 일의 능률, 기분을 일정하게 유지하는 데 한계를 느꼈다. 운동의 필요성을 절실히 깨달은 뒤에도 걷기나 등산처럼 몸의 순환을 목표로 유산소 운동만 했을 뿐 몸을 디자인하는 운동에는 실상 관심을 두지 않았다. 그러나 체형이 서서히 무너져가는 걸 목격하면서 이대로 나이 들고 싶지 않다는 불안감이 고개를 쳐든다. 그때 내게 식습관 교정이 가져다준 은은한 쇄골이 일말의 자신감을 불어넣었다. '이것 봐, 너한테도 쇄골이란 게 생겼어.' 원래 쇄골이 두드러지는 체형이 아닌지라 어릴 적부터 나는 쇄골이 없는 사람인 줄 알았다. 이제 육안으로도 쇄골이 보이고, 오랫동안 아름다운 데콜테 라인에 가져왔던 선망이 현실이 될지도 모른다는 기대가 거울을 볼 때마다 내게 기쁨을 안긴다. 건강한 식습관 유지, 자세 교정을 계속해 매끄러운 어깨 라인과 전보다는 쭉 뻗은 목, 은은하게 드러나는 쇄골을 나라고 소유하지 못할 이유는 없다. 몸은 한 만큼 돌려주는 법이다. 네일아트를 하지 않은 지 수년이 지난 손톱이 건강한 분홍빛으로 빛날 때 느끼는 감탄을 알고 있다.

여자의 데콜테 라인처럼 남자의 넓고 탄탄한 등에 곧잘 매력을 느낀다. 영화 〈빌리 엘리어트〉에서 처음 알게 된 몸의 취향이었다. 영국 북부 탄광촌을 배경으로 복싱을 배우던 소년이 발레에 재능이 있음을 알게 되고 꿈을 향해 나아가는 영화의 묘미는 마지막 장면. 성인이 된 빌리는 발레리노가 되어 매튜 본의 발레 작품 〈백조의 호수〉 주인공이 된다. 무대에서 자신의 차례를 준비하던 그의 뒷모습에 걸쳐졌던 가운이 벗겨지고 이윽고 균형 잡힌 어깨와 자잘한 등 근육이 드러난다. 그 장면이 마치 새처럼 날아오르는 도약의 순간보다 기억에 더 오래 남았다. 성인 빌리 역을 맡은 무용수 아담 쿠퍼의 곧고 보기 좋게 자리 잡은 근육으로 둘러싸인 등에 반해 몇 번이나 그 장면을 돌려봤던지. 빌리의 눈부신 성장 때문인지 그의 등에서 나와 비슷한 감동을 한 사람들이 많았는지 마지막 장면을 편집해 올려둔 영상이 250만 이상의 조회 수를 기록하고 있다.

그러다 요가원에 다니면서 종종 보는 잔 근육이 섬세하게 잡힌 등을 가진 여자 회원을 발견한 뒤로 '여자도 역시 등이구나' 하는 몸의 취향이 여지없이 발휘되었다. 팔뚝에 근육이 보기 좋게 잡혀 있고 팔과 이어지는 날개뼈(견갑골)가 도드라져 보이면서 근육이 자잘하게 잡힌 등을 소유하고 싶다. 자극을 받은 뒤로 일단 요가를 하며 등 근육 만드는 운동을 더 하기로 한다. 유튜브에서 '등 근육 운동'만 검색해도 무수히 많은 영상이 쏟아져 나오니 언제나 필요한 건 실천뿐. 등 근육에 집착하게 되면서 달라진 건 안으로 말린 어깨였던 내 자세가 조금씩 교정되어간다는 느낌이다. 걸을 때 어깨를 의식적으로 똑바로 펴려고 노력한다. 그러면 긴밀하게 연결된 몸이 척추를 자연스럽게 펴지게 하고 목을 바로 세운다. 배에도 힘이 들어가는데 배에 힘을 줘야겠다고 의식하면 오래 유지할 수 없지만 구부정한 등을 펴는 데만 집중하자 뜻밖에 상체 모든 부분에서 자세 교정 효과가 생긴다.

마르고 날씬한 체형, 뼈마디가 앙상할 정도로 마른 모델이 아름답다는 미의식에 지나치게 오래 노출된 내가 극단적인 날씬함보다 근육 잡힌 다부지고 옹골찬 몸의 아름다움에 눈뜬 건 모두 운동이 일상이 된 뒤다. 주먹 쥐고 플랭크 자세를 한 적이 있었다. 힘이 들긴 했지만 어쨌든 아주 단순한 행동 하나였는데 굉장히 강한 사람이 된 착각이 일었다. 나는 타고난 체력이 약해서 운동을 하면 힘들고 늘 기운이 없다고 꼬리를 말곤 했는데 나 역시 단련하면 강한 사람이 될 수 있다는 자각. 더는 흐물흐물한 연체동물 같은 몸으로 살지 않기 위해 계속 운동하는 걸 목표로 삼았다. 내가 그 보상으로 등 근육을 얻을 수 있을지는 두고 볼 일이다.

엘리베이터 없는 집에 살며 일상적으로 계단을 오르내리고, 지하철을 타니 역시 계단을 이용할 일이 부지기수. 탄탄하게 근육 잡힌 아름다운 다리는 없지만, 계단을 오를 때 숨을 헐떡이지 않는다. 이렇게 익숙해지고 습관이 되면 아무렇지도 않을 일이 처음에는 어렵다. 그때마다 꾸준함은 늘 탁월함으로 보답한다는 말을 기억한다. 지금은 '홈트(홈 트레이닝)'로 등 근육 운동에 매일 5분 투자. 작게 시작해서 조금씩 익숙해지고 갈증이 나면 도전의 크기를 더 키워나가는 접근으로 앞으로 10년, 마흔이 끝날 무렵에는 등에 날개를 달 수 있기를.

(((

목이 길어 기쁜 사슴

세수를 마치고 앞, 뒤, 옆으로 목의 긴장을 풀며 스트레칭을 하고 목을 길게 빼면서 동시에 양어깨는 손으로 잡아 밑으로 내려주다 어깨를 뒤로 살짝 젖힌다. 스트레칭이 끝나면 마사지 롤러로 목의 긴장을 부드럽게 풀어주고, 마무리로 안티에이징 효과가 있다는 오일을 목 아래부터 위로 쓱쓱 쓸어 올리듯 바른다. 목에 집중적인 관리를 하게 된 건 오래되지 않았다. 인터넷에 떠돌던 프로게이머들의 사진 때문이었는데 양 팀이 찍힌 사진에 한쪽은 목이 곧았고, 한쪽은 누가 봐도 거북목이었다. 확연히 비교되던 목의 상태를 보고 처음으로 내 목의 현재 형태가 궁금해졌다. 인터넷 검색으로 온갖 거북목 테스트를 찾아봤다. 예컨대 30센티미터 정도 발바닥을 앞으로 빼고 벽에 허리와 어깨를 붙인 다음 목이 자연스럽게 벽에 닿는지를 보는 방식으로 내가 거북이인지 사람인지 확인했다. "당신은 거북목이 아닙니다"라고 벽이 판정이라도 해주길 바라며 긴가민가한 마음으로 여러 번 테스트를 거칠 때마다 거북이임을 인정하지 않았다. 그러다 정형외과에서 일자목이라는 소견을 받았던 기억이 났다. 목 엑스레이를 근거로 전문의가 인정한 일자목이었는데 까맣게 잊고 있었다니. "요즘은 다들 휴대전화나 컴퓨터를 많이 하니 일자목이 흔하죠." 대수롭지 않게 말했던 의사 선생님 때문인지 그때 물리치료를 받고 증상이 사라지자 완전히 망각하고 있었다. 물론 목 주변이 뻣뻣하고 고개를 잘 돌리지 못하게되는 경우가 종종 생긴 뒤로 꾸준히 전신 스트레칭을 시작하긴 했지만. 예전 같은 불편함은 없어도 지금 목 형태가 정상으로 바뀌고있는지는 모른다. 여전히 컴퓨터 작업을 오래하면 목 주변이 결린다. 다행히 두통은 없지만.

  C자형 커브를 그리고 있는 목이 잘못된 자세로 인해 일자혹은 역C자형이 되는 질환인 일자목, 고개를 푹 숙이거나 목을 앞으로 길게 빼는 습관 때문에 머리가 앞으로 나오는 거북목은 실상다른 질환이라 하는데 두 가지가 동시에 오는 경우가 흔해 혼용된다고 한다. 나 역시 일자목, 나아가 목이 앞으로 살짝 나온 거북이인데 바다로 가는 대신 셀프 교정 작업에 들어갔다. 목에 대한 나의 고민이 화두에 오르던 날 지인은 거북목 교정을 위해 도수 치료와 필라테스를 시작했다고 말했다. 오랫동안 조금씩 뒤틀려 버린

체형을 바로잡기 위해 고통의 시간을 보낸다고. 나는 일상생활에 불편함은 없어서 치료를 알아보는 단계는 아니지만 스트레칭을 자주 하고 의식적으로 바른 자세를 지속한다. 가끔 진정한 고통은 무엇인지 궁금하다. 요가에서 오래 버티는 동작을 할 때면 가끔 고통스러워서 당장 멈추고 싶을 때가 많지만, 운동이 끝난 뒤 찾아오는 개운함과 만족감은 길다. 일상에서 몸에 편한 것만 추구했을 때는 일시적인 힘듦이 아닌 지속되는 통증이 찾아왔다. 역시 이쪽이 몸에 해로운 기분 나쁜 고통이다.

　　내 목 뒤에 있는 가상의 벽에 기댄다는 느낌으로 목을 뒤로 하고, 컴퓨터나 휴대전화를 쓸 때도 고개를 숙이지 않으려 애쓴다. '목이 짧은 게 아니고 빼니까 길어졌고, 쇄골이 없는 게 아니고 살 빠지니 생겼다.' 나는 이미 그 결과가 내게 주어진 듯 마음속에 그리며, 오늘도 무거운 머리를 받치느라 고생 중인 목과 어깨에 신경 쓴다. 그 노력은 현재 진행 중이고 언제 거북이 말고 사슴이 될 수 있는지는 모른다. 아마 매일 세수를 하듯 평생 끝나지 않을 습관이 되고 나서야 가능한 일 아닐까. 책 『우아함의 기술』에 따르면 운동선수는 보통 사람들보다 우아해질 가능성이 높다. 운동선수의 몸은 고도로 작동하고 굉장히 많은 반복을 겪기 때문인데 튼튼한 몸과 많은 연습은 최상의 육체적 우아함에 기본이 되는 요소라고 한다. 하지만 정말 우아한 운동선수의 특징은 투쟁심을 드러내지 않는다는 것. 분투하는 기색이 전혀 보이지 않을 때의 경이감, 어떻게 저렇게 쉬워 보이지? 바로 이것이 우아한 운동선수의 기술이라고. 나는 운동선수는 아니지만 두 가지 태도를 배운다. 셀 수 없는 많은 반복은 이어가되 사슴 목을 반드시 성취할 목표로 보고 집착하지 않는다. 편안한 마음으로 바른 자세를 만들어간다. 아주 긴 노력이 필요한 일이라서 빨리 지치면 곤란하다.

생활에서 컴퓨터, 휴대전화, 책과 같은 한 곳을 응시하는 일이 많다 보니 목뿐 아니라 눈빛 또한 피로로 탁해진다. 눈을 지그시 감았다 뜨고 눈 주변을 꾹꾹 눌러 지압해주는 시간은 5초도 걸리지 않는데, 그 정도의 시간도 할애하지 못할 만큼 무신경했고 마음의 여유도 없었다니. 사슴 목 만들기를 시작으로 눈 지압처럼 사소하게 쌓인 피로를 풀어주는 미니 마사지법을 하나씩 더해가고 있다. 나는 수년간 골반 틀어짐과 허리 건강을 염려해 의식적으로 다리를 꼬지 않는다. 골반을 교정하는 스트레칭을 할 때 통증이 심하지 않은 까닭은 그런 사소한 행동이 가져다준 보답 아닐까. 그동안 거의 눈치채지 못할 정도로 체형은 서서히 변했다. 그만큼 개선 또한 아주 느리고 서서히 일어날 게 분명하다. 하지만 늦었다는 생각보다 지금 신경 써서 고칠 수 있는 건 고친다. 오늘 미루고 나서 미래의 내게 어쩔 수 없었다는 변명은 하고 싶지 않다.

((

((

((

헤엄의 추억

물 공포증은 있고, 체력은 없고. 그런데도 나는 수영을 배우겠노라 다짐했다. 스물여덟 살이었던 나는 몸을 단련시키기보다 여행지에서 메이크업이 물에 전혀 젖지 않고 유유히 개구리 수영을 하는 어른이 되길 갈망했다. '우아한 리조트 수영'을 목표로 프랑수아 오종 감독의 영화 〈스위밍 풀〉의 어딘가 위험한 구석을 숨기고 있던 매력적인 여자, 줄리의 자유로운 움직임에 내 모습을 겹쳐본다. 어쩐지 상상 속의 나는 실제보다 날씬하고 긴 편이네. 어쨌든 물 흐르듯 수영하는 법을 배우고 생존 수영까지 배우면 위험 시 도움이 될 거라는 현실적인 계산을 마치고 수영에 등록했다. 일상적인 운동을 전혀 하지 않았던, 체력이 바닥인지도 몰랐던 나의 무모한 도전이었다. 해보고 싶은 일이 많았던 20대에는 끝없는 버킷 리스트가 있었다. 사이판에서 한 달 살며 수영 배우기도 그중 하나였으나 아직 사이판은 근처에도 못 가봤다. 대신 세부에서 두 달 살며 수영장에 수시로 다닐 때 내게 물 공포증이 있고 증상이 꽤 심하다는 걸 알게 되었다. 누군가 세상에 백 가지 겁이 있다면 아흔아홉 가지는 자신의 것이라고 말했는데, 나 역시 그랬다. 특히 몸을 쓰는 일에는 두려움이 많아 늘 도전하지 않는 쪽을 택하는 겁쟁이. 학창 시절, 체력장 5등급이라는 수준 이하의 신체 능력 덕분에 내 몸이 중력에 저항해 자유로워졌던 경험은 없다. 가끔 철봉을 한 바퀴라도 제대로 굴러본 적이 있더라면 이토록 몸에 자신감이 없었을까, 하는 생각도 든다. 그런 내가 겁을 상실하는 순간이 생기는데 바로 동경하는 모습이 가지고 싶을 때다. 인간은 본래 남을 부러워하며 자신의 부족함을 단련시키도록 설계된 종이 아닐까. 여행지에서 수영하지 못해 물 안을 걸어 다니고 싶지 않았고, 선베드에 누워 물을 바라보며 책이나 읽는 관광객보다 적극적으로 여름을 즐기는 활동적인 여행자는 나여야만 했다.

그렇게 수영에 겁 없이 입문했다. 그리고 허우적거리는 헤엄을 배웠다.

외국어 배우기, 운동 모두 근성 있게 하지 않으면 초보반만 3개월씩 하다 쉬다 어물쩍 3년이 지난다. 내가 가진 게으름, 시작과 난도가 쉬울 때는 가볍게 하다 조금만 어려워지면 이내 '하기 싫어 병'이 도지고 중단했던 모습을 떠올린다. 특히 운동처럼 좋아하지도 않고 몸이 힘들기만 할 뿐 어떤 보상도 주어지지 않을 때, 살아가는 데 절박하게 필요치 않을수록 장벽을 만나면 넘어설 의욕이 소멸하였다. '우아한 리조트 수영'이란 허깨비 같은 존재가 수영을 계속할 이유가 되기에는 열대 섬으로의 여행은 지나치게 드문 인생의 어느 날이고, 일상이 아니었다. 차라리 떨어진 체력을 키운다는 목적이었더라면 더 오래 해야 할 이유가 되었을지도 모른다. 수영장에 가면 할머니들을 자주 만난다. 관절이 약한 어르신들이 하기에 적합한 운동이라서 꾸준히 수영한다고. 바로 그 지점. 계속해야 할 절박한 이유 혹은 재미있어서. 이 두 가지가 아니라면 의지만으로 계속 끌고 나가기엔 한계가 있다. 20분은 내 체력이 허락하는 최대의 헤엄 치기 시간이다. 그 후론 한 귀퉁이에서 온천욕을 하는 건지 수영을 하러 온 건지 서서 다른 회원들이 레인을 왕복하는 걸 지켜보다 수영 선생님께 여러 번 지적받는다. "회원님, 빨리 한 바퀴 더 도셔야죠!" 눈치만 슬슬 보다 체력은 한계에 다다르고 샤워는 귀찮고, 수영 후 바닥난 체력이 부르는 햄버거를 피해 집에 오면 최소 1시간은 자야 사람 구실을 할 정도. 내 몸 상태가 엉망이고 체력도 바닥이라고 수영이 알려줬다.

짧은 거리를 잠깐 헤엄 치는 정도로 나의 체력을 높은 수준으로 올릴 수 없다는 걸 안다. 그래도 걷기와 숨쉬기 빼곤 아무 운동도 하지 않았던 내가 처음 시도했던 전신 운동이라는 점에서 수

영은 생활 운동의 입문과도 같다. 운동하지 않았지만 해야 한다는 의무감으로 친구와 곧잘 말로만 운동했다. "발레 피트니스가 유행이래. 그건 좀 재미있을 거 같지 않아?", "차라리 줌바 댄스를 하지그래. 폴 댄스나." 유행하는 모든 운동을 마치 신상품 아이섀도 색깔 고르듯이 쭉 나열해두고 내 취향으로 보이는 운동을 고른다. 원데이 클래스라도 한 번 체험하지 않고 어떤 운동복을 입는지, 수업 분위기는 어떤지, 보이는 이미지만 신경 썼다. 그러다 시작을 미루고 언젠가는 운동해야지, 하며 까맣게 잊는다. 무슨 운동을 할지 감이 안 오면 아주 오랫동안 여러 사람이 해오는 고전적인 운동을 고르고 일단 시작하는 편이 나았을 터다. 수영은 지금도 간헐적으로 하는 운동인데 언제든 다시 시작하고 싶다. 노년에 가장 좋은 운동이라는 이유로 수영과 친해질 이유가 하나 더 생겼다. 수영 실력이 빠르게 나아질 기미는 없고, 물 공포증이 모두 사라진 건 아니지만 그래도 물속에서 벌벌 떨지 않고 발을 뗄 수 있고, 길진 않지만 호흡을 할 수 있다. 수영을 전혀 하지 못했던 시절보다 발전했다. 겁을 덜 내고, 일단 해보기. 수영을 시작한 이후로 다른 운동에 크게 겁내지 않게 되었고 오히려 재미를 느낀다. 시도는 언제나 새로운 세상으로 가는 문을 열어준다. 운동이 싫었던 내가 조금씩 운동과 친해지게 된 건 모두 수영을 시작한 덕분이다.

저녁 무렵 파자마 요가

해가 저물고 고요한 어둠이 찾아오면 요가 매트를 깐다. 몸을 바르게 펴고 가부좌로 앉아 눈을 감고 호흡에 집중한다. 세상과 단절되어 내면을 바라보는 시간에도 귀는 끊임없이 쫑긋거리며 잔잔한 음악을 수집해오고, 바깥 소음에도 반응한다. 자연스러운 흐름에 몸을 맡기다 보면 점점 호흡이 편안해지고 마음에 고요가 찾아온다. 아침 요가가 밤사이 굳어진 몸에 활력을 불어넣겠다는 의지에서 나온 습관이라면 저녁이나 밤에 하는 요가는 유독 마음이 지친 날 본격적인 휴식에 앞서 불쾌한 감정의 찌꺼기를 비워내는 방법이다. 요가의 매력은 지금 내가 머무는 곳을 인식하고 몸과 마음을 연결하는 수련이라는 점에 있다. 내면을 마주하며 온갖 번잡한 생각이 끊임없이 이어지는 머릿속이 가벼워질 때까지 평소 쓰지 않았던 근육을 쓰며 조금씩 나를 해방한다.

마음에 긍정의 씨앗 심기. 한 주에 세 번 참여하는 요가 수업은 마음을 먼저 다스리며 시작된다. 요가 지도자가 호흡을 가다듬고 긍정적인 감정을 떠올리라 말하지만 내 머릿속엔 어느새 할 일 목록이 비집고 들어오기 일쑤다. '긍정? 고민 없이 차분하게 지내는 하루……. 일단 수업 끝나고 집에 가서 자료 몇 가지 찾아서 넘기고, 메일도 미리 써놓고. 다음 달에는 일을 좀 쉬엄쉬엄할 수 있으려나……. 아니, 긍정! 음……. 행복은 좀 추상적이고 도대체 뭘 심지?' 나는 어떤 긍정을 심을지 찾지도 못했는데 이미 호흡을 고르는 명상은 끝났고 본격적인 요가 수련이 시작되었다. 머리도 마음도 무거운 채 요가 동작을 따라간다. 번번이 긍정 농사에 실패한 뒤로 생각은 내가 통제할 수 있는 부분이 아니라 여겼다. 극단적인 감정만 아니라면 자연스럽게 떠오르는 고민과 내가 느끼는 감정을 따라가면 된다고. 하지만 머릿속을 깔끔하게 비워낼 수 있다면 얼마나 홀가분할까. 언제나 나를 괴롭히는 건 욕심이다. '더 잘해야 해. 실패하면 안 돼.' 내려놓는 마음은 쉽지 않다. 그러나 어렵게 욕심을 덜어내고 나면 머리가 가벼워져 오히려 일이 술술 풀리곤 했다. 그건 도무지 원리를 알 수 없는 삶의 기술이다. 그 외의 모든 잡다한 생각을 통제하는 방법으로 머릿속에 잡동사니 폴더 하나를 만들기로 했다. 쓸데없고 마음에 거슬리는 생각은 잡동사니 폴더에 하나씩 집어넣는 상상을 한다. 끊임없이 꼬리를 물고 이어지던 망상이 어느 정도 머릿속에서 희미해지면 폴더를 비운다. 일종의 마음 다스리기 훈련이다.

어스름한 저녁 요가는 아침 태양이 가져다주는 몸의 활력
이 아니라 달의 기운을 받아 마음을 고요히 하는 시간. 요가는 꼭
매트를 깔고 요가복을 입어야 하는 운동은 아니어서 침대에 누워
헐렁한 파자마 차림으로 요가 동작을 할 때도 부지기수. 게다가 누
워서 생각을 흘려보내는 시간만큼 유익한 휴식은 없다. 저녁 요가
에서 가장 중요한 건 조명만큼은 어둡게 만드는 것. 스탠드로 간접
조명을 쓰거나 불을 끄고 캔들을 켜거나. 저녁 요가에는 클래식 음
악보다 명상 음악을 찾아 분위기를 만든다. 내게 저녁 요가는 명상
에 가까운 시간이다. 고민이 있어도 해결할 수 있다는 용기를 얻고
좋은 일만 가득했던 하루라면 살아 있음에 감사한다. 요가가 끝나
면 유독 뭉친듯한 부위, 많이 걸었던 날이면 오일로 다리 마사지를
한다. 수건 하나를 깔고 오일을 바른 뒤 발의 지압점을 꾹꾹 누르
고 있노라면 머리도 상쾌해지는 거 같다. 몸을 조금씩 매만지면서
고단함을 풀고 있노라면 일이 지나치게 많을 때는 몸을 관리할 시
간을 한 토막도 낼 수 없다고 믿었는데, 왜 휴대전화 들여다볼 시
간은 있었는지 의문이 든다. 진짜 휴식은 아무것도 안 하는 게 아
니고 몸과 마음에 뭉치고 쌓인 것을 풀어내야 생기는 것임을 예전
에는 몰랐다.

바쁘고 짜증 나고 정신없다고 느낄 때도 깊은 호흡 세 번이면 마음이 준비된다. 고작 숨쉬기 몇 번이 마음을 안정시킨다는 건 몸의 신비로움이다. 마치 컴퓨터를 껐다 켜는 것처럼 몸과 마음의 리셋 열쇠는 호흡에 있었다. 복식호흡을 하며 들숨보다 날숨을 깊게 내뱉어준다. '후' 소리를 내기도 하고 그러다 보면 호흡이 편안해지고 몸의 이완과 안정이 찾아온다. 하루를 마친 의식으로 장소에 구애받지 않고 저녁 요가를 하고 나면 털어내지 못한 일의 잔재가 사라지고 보다 깊은 휴식, 그리고 잠에 이를 수 있다. 순환과 균형의 시간. 내면에서 은은하게 차오르는 차분함으로 급한 성질과 날카로운 신경을 다듬고 중간에 이르게 하는 여정이다.

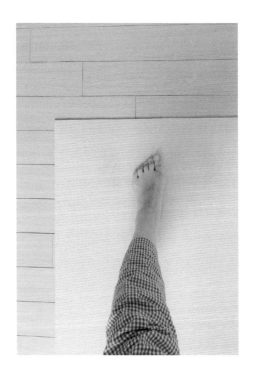

목욕하러 갑니다

목욕하는 건 조금 들뜨는 일이다. 욕조 없는 집에서 샤워만 간단히 하다가 모처럼 입욕하는 기쁨. 적당히 뜨거운 욕탕에 몸을 담가도 어쩐지 "으아, 시원해"란 말이 절로 나오는 그런 순간이 좋다. 내가 어르신들처럼 모순적인 감탄을 내뱉을 날이 올 줄 몰랐지만, 그 시원하다는 의미가 굳어 있는 몸 곳곳이 풀려 상쾌하다는 뜻이었음을 이제야 안다. 우리나라 대중목욕탕은 언제 생겼는지 궁금해 찾아봤더니 수월루라는 곳으로 1900년대 서울 종로구 서린동 근방에 있었으며 다방과 이발소를 함께 운영했다고 한다. 100년 넘게 흐른 지금 목욕탕은 찜질방과 식당, 마사지 때로는 수영장이 함께 있는 복합공간이 되었다. 널찍한 시설에 세신사도 있고 탕의 다양함과 편리함은 좋지만 발가벗고 많은 사람과 함께 하는 대중목욕탕에서의 목욕은 내게 두 번째로 좋은 목욕이다. 목욕은 사적으로 느긋하게 즐기는 게 아무래도 좋다. 그러니 가장 좋은 목욕탕은 역시 사생활이 보장되는 호텔이어서 여행을 가면 하루 정도는 값비싼 호텔에서 묵는다. 최고급까지는 아니지만 인테리어가 깔끔하고 반드시 욕조가 있는 호텔. 사적인 목욕 시간을 즐기기 위해서 내가 마련하는 건 목욕 소금과 음악 그리고 호텔에서 어메니티로 제공하는 미네랄워터 한 병.

거품 목욕에 샴페인 한잔을 곁들이는 영화에서 갓 튀어나온 듯한 장면은 나와 거리가 멀다. 거품이 나는 입욕제는 빨리 씻어내고 싶은 마음만 가득하고 반짝이는 펄을 넣은 입욕제를 잘못 고르면 목욕을 망친다. 반짝이가 곳곳에 묻어 잘 씻겨 내려가지도 않는 욕조의 뒷정리를 하느라 순간 울상이 되고, 개운하게 씻고 자려고 누웠는데 어둠 속 작은 빛에도 은은히 반짝이는 몸에 붙은 펄을 하나씩 떼고 있노라면 그다지 유쾌하지 않다. 그에 비하면 은은한 향이 있는 목욕 소금은 깔끔하다. 씻고 나면 피부가 촉촉한 느낌이 들고 보들보들해져서 따로 오일이나 로션을 바르지 않는다. 여행의 고단함을 풀어주는 목욕에 대한 기억은 넘치도록 많지만 대부분 평범한 시간으로 어렴풋한 인상만 남아 있다. 역시 기대하지 않았는데 좋았던 혹은 많이 기대했는데 망쳐버린 이 양극단에 걸친 추억이 머릿속에 오래 새겨진다.

새벽까지 마감하고 아침 일찍 취재 출장을 가야 했던 날, 트렁크에 짐을 대충 쑤셔 넣고 비행기에 몸을 실었다. 몸은 곧 죽어도 이상치 않을 만큼 피곤했지만 주최 측에서 제공하는 호텔인지라 어디에서 묵는지 자세히 알아보진 않았다. 온종일 취재 현장을 다니다 드디어 숙소로 돌아왔고, 기대보다 넓은 객실과 이제껏 다녔던 호텔 중 단 한 번도 발견하지 못했던 다리 마사지기. 무엇보다 객실 못지않게 널찍한 욕실에 자쿠지 욕조가 있다는 사실을 알게 되었다. 목욕 소금을 넣고 따뜻할 정도의 온도에 맞춘 물. 그리고 그 안에 몸을 담그고 있는 나. 2000년을 쉬지 않고 살아온 듯 노곤한 몸의 피로가 단번에 풀렸다. 자쿠지의 리듬에 맞춰 몸이 기분 좋게 들썩이고 목욕가운을 걸치고 물을 마시며 비록 기계지만 다리 마사지를 받고 있노라니 고생 끝에 낙이 온다는 건 바로 이런 거라고, 어제 태어난 신생아처럼 보들보들한 피부에 기분 좋은 내적 울음을 삼키며 잠들었다. 그날은 하도 푹 자고 일어나서 아침에 '여긴 어디고, 난 누구야' 했을 정도.

반면에 회사를 그만두고 기분 전환차 놀러 갔던 여행에서 유일하게 신경 썼던 호텔은 전혀 다른 기분을 안겼다. 편백 나무 욕조가 있고, 고전적이고 깔끔한 인테리어가 매력적인 호텔은 교육 시설을 개조한 곳으로 재생 건축 디자인의 묘미를 보여주는 곳이기도 했다. 그날만큼은 오후 관광을 하지 않고 호텔에 머물며 목욕을 하고 앞으로 어떻게 먹고살지 책상에 앉아 계획을 세울 예정이었다. 그런데 뜻하지 않게 점심을 먹으러 가던 길에 여권을 잃어버렸고 다행히 분실한 여권이 있다는 경찰서를 찾아 1시간가량 여러 종류의 질문을 받으며 오랜 서류 작업에 시달렸다. 여권 찾느라 오후 시간을 홀라당 까먹은 날은 무엇에 단단히 홀린 듯 버스도 잘못 타서 낯선데 더욱 낯선 곳에서 길을 잃기도 했다. 계획이 있어 회사를 나온 게 아니었던 나는 여권을 잃어버렸다는 문제에만 생각을 한정 짓지 않고, 내가 제대로 정신을 차리지 못하고 사니 이런 일이 일어난다며 확대 해석을 하고 나를 질책했다. 한없이 의기소침한 채로 늦은 체크인, 늦은 저녁 시간의 목욕. 몸보다 마음이 더 고단한 나를 달래는 목욕을 하고 나니 부정적인 기운까지 씻겨 내려갔는지 '그래도 많은 사람이 도움을 주어 우여곡절 끝에 여권을 찾은 다행인 날이었어!' 순식간에 긍정으로 마음 상태가 바뀌었다. 목욕이 나의 생채기를 씻어낸 듯했다.

몸이 너무 지쳐 정신까지 고단한 날, 갑작스러운 위기에 마음이 흔들린 날에도 언제나 목욕을 하러 가자. 운동해도 몸이 가뿐하다 느껴지지 않을 때는 사우나가 딸린 목욕탕이다. 땀을 쭉 빼고 목욕하고 물도 마시면 살맛이 나니까 뭐가 되었든 그런 날에 나는 목욕을 해야 한다. 그러고 보면 집에 욕조가 없다는 이유로 입욕에 더 집착하는 게 아닐까. 일상에 흔치 않은 일이라서 더 특별해지는. 그런 이유로 나는 목욕탕 가는 날이 좋다.

（
（
（

전망 좋은 곳에서의 마사지

고향도, 익숙한 서울도 아닌 낯선 도시에서 살아보고 싶다. 부산 해운대에 공사 중이던 고층 빌딩을 바라보며 "그럼 휴가는 해운대로 가시겠네요?"라고 묻던 나를 보곤 택시 아저씨는 어이없다는 말투로 답했다. 집 앞 같은 곳에 누가 여름 휴가를 가겠냐고. '만약 이곳에 살게 되면 주말마다 바다로 달려가겠는걸.' 나는 그렇게 생각했다. 잠시 스쳐 지나는 바람이었고 간절하지도 않았는데 신이 '그게 너의 소원이라면 들어주지' 했는지, 운명처럼 부산에 본사가 있는 회사에 입사하게 되었다. 소원은 제대로 구체적으로 빌었어야 했는데······. 서울에서 일하는 포지션이었지만 부산에 자주 내려갔고 체류가 조금 길어지면 서울에서의 생활과 크게 다를 바 없는 일상을 보낼 수도 있었다. 당시 다녔던 피아노 학원은 전국구에 지점이 있어 피아노 연습은 어디에서나 할 수 있었고, 나는 부산

서면에서 피아노 연습을 하는 등 하루를 알차게 살았다. 서울과 확연히 다른 분위기의 도시, 유명 관광지답게 바다 주변에 고급 호텔이 즐비한 곳. 한때 여름이면 매년 부산을 찾아 새로운 호텔에 놀러 다녔는데 일할 곳이 있는 도시가 되자 그런 흥미는 말끔히 사라졌다. 대신 일의 피로를 풀어줄 마사지를 찾아 호텔에 갔다. 늦은 저녁 광안대교 야경이 눈앞에 펼쳐진 전망 좋은 곳에서의 마사지.

"아, 제가 좀 늦었죠. 일이 늦게 끝나는 바람에." 마사지 테라피스트는 샤워를 늦게 끝마친 나를 기다리다 지친 표정으로 맞이했다. 다음부터 늦으면 안 된다. 오늘은 뒤에 예약이 없어서 괜찮지만 다음에도 그러면 마사지 시간이 줄어든다. 미리 와서 샤워해달라, 하는 마사지 이용 수칙을 전한다. 마사지 시간이 짧아지지 않았다는 것이 꽤 행운이라 여기며 의욕적으로 마사지 베드로 올라가 일하느라 잔뜩 긴장한 몸을 호흡 몇 번으로 이완시킨다. 특별히 실력이 부족한 마사지 테라피스트가 아니라면 마사지 자체의 만족도는 어느 스파 브랜드나 비슷하다고 생각한다. 대신 내가 주의 깊게 살피는 건 시설이다. 몸의 긴장을 풀고 나면 느슨해진 마음에 좋은 풍경을 담고 싶다. 서울에서는 마음에 쏙 드는 전망 좋은 스파를 찾지 못했다. 가장 좋았던 곳이 공원 전망 정도였을까. 하지만 부산에는 너른 바다가 있다. 마사지가 끝나고 야경을 바라보며 마시는 차는 삭막한 내 마음에 작은 기쁨을 가져온다. 반짝이는 바다와 극도로 편안한 몸, 차 한잔의 휴식. 더 길게 즐기지 못해 아쉬울 정도다.

집에서도 수시로 몸의 긴장을 푸는 스트레칭과 마사지를 병행하고 있지만, 전문가의 손길과 비교할 수 없다. 내 손이 닿지 않는 등도 그렇지만 몸 곳곳의 뭉침을 풀어내는 손기술이 같을 리가. 업무 스트레스가 최고조에 달하면 목욕 후 마사지를, 시간이 부족하다면 미용실에서 두피 마사지라도 받아야 살아갈 수 있다. 내게 마사지란 예뻐지기 위한 몸 관리가 아닌 살기 위한 처방이다. 그래서인지 얼굴 피부 관리를 위한 마사지에는 큰 흥미가 없다. 겹겹이 바르는 각종 화장품 때문에 피부에 트러블이 나서 오히려 역효과. 천국의 기분을 약속하는 전신 마사지와는 다르다. 긴장을 풀어내고 나도 모르게 굳어서 막혀 있던 몸의 부위를 달래어 말랑하게 만들면 마음도 풀어진다. 대부분 압이 세지 않은 부드럽고 편안한 발리니스 마사지를 택한다. 건식보다는 아로마 오일로 부드럽게 진행되는 마사지가 피부를 괴롭히지 않았고, 타이 마사지의 격렬함은 조금 부담스러웠다. 마지막 마무리로 몸을 꺾듯 과격하게 스트레칭을 하는 타이 마사지는 무엇이든 저자극이 좋은 내게 환영받을 만한 마사지법은 아니다. 그런데도 휴가를 받아 방콕에 가면 마사지 일정을 빼놓지 않는다. 오히려 마사지 일정을 중심에 두고 움직인다. 마사지법은 어쩌면 그다음 문제일지도 모른다. 일하는 사람으로서 내게 필요한 휴가는 긴장을 푸는 것이고 마사지는 언제나 첫 번째 방법이다. 열심히 임했던 일을 마무리하고 휴가를 떠나 마사지를 받고 있을 때면 삶이 흡족했다. 꽤 오랫동안 마사지 비용으로 적지 않은 돈을 썼지만 아깝다는 마음은 전혀 없다. 물건처럼 남는 게 아닌데도 오히려 불필요한 물건을 산 돈은 아까운데 마사지는 그렇지 않았다. 굳은 내 몸과 마음을 살려준 치료였기 때문이다.

에너지를 몽땅 쏟아부은 일이 끝난 후 자신만의 자축 방법에는 소문난 맛집에서 식사하거나 여행을 떠나는 경우도 있겠지만 나는 마사지를 받는다. 정말 고생했던 내게 스트레칭으로도 풀 수 없던, 자잘하게 몸을 풀어주는 마사지만큼은 내 몸을 살리는 보상이다. 그래서 마사지 기금을 마련한다. 생활비를 조금씩 아껴서 대형 프로젝트가 끝났을 때나 갑작스럽게 인생에 위기가 닥쳤을 때, 그럼에도 불구하고 계속 앞으로 나아갈 수 있다고 나를 위로하는 방식으로 좋은 호텔에서 마사지 받으며 휴식하는 사치를 내게 준다. 그건 과거 옷을 사는 방법과 크게 다를 바 없지만 몸과 마음에 직접적인 생기를 불어넣는다는 점, 경험과 추억만 남긴다는 점에서 지금 내게 잘 맞다. 마사지는 다음 일도 잘 부탁한다는 나를 달래는 의식, 응원으로 보는 편이 더 정확할지도 모르겠다. 스트레스는 평생 안고 가며 관리해야 할 문제였지 삶에서 무거운 코트를 벗

어 던지듯 떨쳐낼 수 없었다. 스트레스는 순한 맛부터 약간 매운
맛, 엄청나게 매운맛의 단계가 있다. 순한 스트레스에는 꽃을 사
고, 약간 매운 스트레스면 공연을 보고, 엄청나게 매운 스트레스를
겪고 나면 요가와 하이킹, 목욕, 마사지, 차가 있는 휴식하는 여행
이 나를 달랜다. 다행히 어느 정도 물질적 보상, 그러니까 돈을 쓰
면 관리되는 스트레스만 가지고 있다는 점이 아직은 꽤 괜찮은 삶
을 살고 있다는 증거 같다.

숲에서 즐기는 점심

사람은 자연의 여러 기운을 골고루 받으며 살아야 몸과 마음이 모두 건강해진다고 믿는다. 인공적인 도시가 줄 수 없는 자연의 기운을 챙기며 산다. 한때 집에 화분이 가득하고, 텔레비전 속 자연 풍광을 바라보는 것만으로도 자연에 온 기분을 느낄 수 있다고 믿었지만 그건 허상이었다. 몇 가지 화분이 주는 기분전환은 부족하다. 운동화 끈을 매고 집 밖으로 나가야 했다. 도시에 사는 사람에게 자연이란 일부러 시간을 내야지만 닿을 수 있는 목적지다. 빼곡하게 들어찬 나무로부터 산의 기운을 받고, 시골길을 거닐며 땅의 기운과 흙냄새를 내 안에 가져온다. 태양은 적극적으로 맞이해야 할 긍정의 기운. 장소에 구애받지 않고 볕을 즐긴다. 물론 나는 태양 포식자로 사는 편이기에 태양을 갈구하지 않는다. 내가 늘 부족하게 여기는 건 산의 기운이다. 순하고 너그러운 숲이 주는 청량한 공기를 마시고 싶다. 여름에는 구워 삶아질까 두려워 숲마저 꺼리지만, 초가을은 숲의 매력이 절정에 달한 시기라서 곧잘 숲으로 간다. 적당히 뜨겁고 서늘하다. 삼림욕 하기 딱 좋은 날이다. 나무들의 햇볕 식사가 산소를 만들어내고 향긋한 숲의 향기와 피톤치드 가득한 공기 맛이 가장 좋을 때는 오전 10시부터 오후 2시. 숲에서 걷기 가장 좋은 볕이 잔뜩 든 시간이다.

숲에 가기 전 가장 먼저 챙기는 건 점심 도시락. 아침을 가볍게 먹고 술술 만들어 낸 김밥 혹은 간편한 샌드위치. 보온병에 차를 담는다. 손에 들기 다소 묵직하다. 걷기 운동이라기보다 맛있게 점심 먹을 장소를 향해 가고 있을 뿐인가. 내게 등산과 하이킹은 어떤 코스를 택했냐보다는 단순히 도시락이 있고 없고의 차이 같다. 등산은 경사 있는 산을 오르고 내리는 장시간이 걸리는 코스라 몸이 지친다. 물을 제외하곤 짐이 될 만한 건 들고 가지 않는다. 오래 걸을 마음이 드는 날엔 가급적 도시락은 준비하지 않는다. 오래 걷는다면 경사가 낮은 숲길도 등산과 다를 바 없다. 그러나 나의 하이킹은 대부분 평탄한 길을 피로하지 않을 정도로 걷는 산책에 가깝기에 점심 때 꺼내 먹을 일용한 양식이 주인공이다. 도토리 점심 가지고 소풍 가는 다람쥐의 기분, 한마디로 신난다.

소란스럽지 않은 숲, 나 역시 차분한 걸음을 내디딘다. 편안한 걸음 중간중간 깊은 호흡을 들이쉬고 내쉰다. 이 고요하고 평화로운 세계 속에는 잔잔한 행복이, 자연만의 질서가 있다. 나는 결코 서둘러 걷지 않는다. 어디에서 어떤 선물이 튀어나올지 모르니 주변을 살핀다. 식물 이름을 알려주는 표식도 읽어보고, 나무 틈으로 비추는 해를 슬며시 바라보기도 한다. 내 앞으로 지나가는 청설모가 귀를 쫑긋 세우고 재빠르게 나무로 올라가는 모습에 자그맣게 감탄하는 소리를 연발하는 것도 빼놓지 않는다. 지난 여행에서 사파리 콘셉트의 동물원에 갔다. 그곳에 울타리가 없는 이유가 보이지 않는 전기 울타리(동물이 가까이 다가가면 일정한 전기 충격을 주어서 탈출하지 못하게 하는 목적) 때문임을 알게 된 뒤로 동물들이 가여웠다. 동물을 좋아하지만, 그 이후로 동물원에 가지 않는다. 동물원이 종을 보존하고 교육적 역할도 한다고는 하지만, 어떤 불편함이 내게 온 뒤로 더는 구경거리로 동물을 소비하고 싶지 않았다. 대신 숲에 가면 자유롭게 오고 가는 작은 동물들이 있다. 물론 멧돼지나 곰은 무섭다. 나도 멧돼지를 마주친 트라우마가 있기에 한동안 등산을 기피하지 않았던가. 그러다 우연히 등산을 즐기는 택시 기사님과의 대화에서 "멧돼지가 사람을 더 무서워해요. 사람많이 다니는 산책길에는 멧돼지 없으니까 그런데 다니면 되죠"라는 조언과 함께 몇 가지 좋은 산책로를 알게된 것을 계기로 다시 숲에 간다. 집에서 그나마 가까운 서대문구 안산이 접근하기 편했기에 주로 그쪽 산책길을 찾는다. 그나저나 혼자서 숲이라니 내 담이 꽤 커졌다. 겁을 살짝 상실한 건 동네 주민들이 자주 찾고 사람들이 많이 걷는 길이어서다. 아무리 천혜의 환경이 있다 해도 혼자서 후미지고 으슥한 곳에는 가지 않는다. 그 정도로 용감하지 않다. 아니 무모하지 않다.

산에 가면 청년보다 중년 이후, 노년의 사람들을 더 쉽게 만난다. 계속 가뿐하게 걸을 수 있는 자유를 누리는 분들이다. 나도 이 숲을 언제까지고 걷고 싶다. 어쩌다 보니 운동도 돈이 있어야 하게 되는 시대에 산다. 계단 오르내리기 정도는 운동이라 생각하지 않는다. 건강전문가들이 "무료 피트니스 센터가 바로 계단입니다"라고 말해도 계단을 이용하는 생활은 부수적인 문제일 뿐이고, 늘 피트니스 센터에 다니고 레슨을 받아야만 운동을 하는 거라고 믿는다. 피트니스 센터가 등록을 시작한 초기에는 주차할 공간이 없어 아우성치지만 시간이 지날수록 사람들이 오지 않아서 여유로워진다고 들었다. 운동이 삶의 한 부분인 지인이 말하는 우스갯소리. 나도 가끔 일정이 바쁘면 요가 수련을 빠트리곤 하지만 회원권의 비용이 아깝다는 생각 저편에는 '그래도 나는 운동을 (등록)하고 있어'라는 안심이 있었다. 성실히 하지 않는 나를 옹호하며 ─아무리 바빠도 운동이 1순위라면 내가 과연 운동을 가장 먼저 일정에서 지웠을까─ 돈으로 운동하는 기분을 샀다. 운동을 삶 곳곳에 중요한 스케줄로 배치하는 최근에야 돈으로 운동하는 기분을 내지 않는다. 요가 수련은 돈 낸 만큼 착실히 다닌다.

실내에서 하는 운동과 자연에서 하는 운동이 조화를 이루자 몸을 제대로 움직이고 있다는 확신이 생긴다. 가장 쉽고 편안하고 돈 없이도 할 수 있는 운동은 역시 걷기고, 아스팔트 위를 걷기보다 흙을 밟는 편이 좋다. 숲은 언제든 나를 품어준다. 입장료도 강요도 없다. 오고 싶을 때 와서 걸으라고 길만 턱 내어준다. 걸을 때 심심하지 말라며 귀여운 동물 친구들도 마중 나온다. 계절마다 변하는 식물이 고운 자태를 뽐내기도 한다. 신선한 공기도 무제한이다. 대신 숲에 사는 동물 먹이인 도토리나 밤을 줍지 말아야 하고, 식물을 채집하지 않는다. 그 어떤 쓰레기도 버려서는 안 되고. 이 정도 '숲티켓'만 지키면 숲은 모두에게 열려 있다. 만약 내가 바닷가 근처에서 태어나 살았더라면 서핑을 두려움 없이 했을지도 모르겠다. 하늘을 사랑한다면 스카이다이빙……(은 절대 내가 할 일은 없겠지만). 가장 친근하고 부담 없고 오랫동안 할 수 있는 자연에서 즐기는 운동, 게다가 맛있는 점심도 먹을 수 있는 곳. 그래서 주말에는 숲으로 간다.

((
(
(

유해한 세상에 덜 신경 쓰며 사는 법

"사람들이 날 어떻게 생각할지 신경 안 써. 이건 내 건강이고, 내 기분을 더 낫게 만들어."

1990년대 슈퍼 모델로 패션계 최정상의 자리에 섰던 나오미 캠벨이 비행기 좌석 곳곳을 꼼꼼히 청소하며 말한다. 자신의 유튜브를 통해 공항 루틴(Airport Routine)을 공개한 그녀는 비행기에 탑승하자마자 마스크, 장갑, 티슈가 들어 있는 위생 세트부터 보여준다. 손이나 몸이 닿을 법한 리모컨, 좌석 벨트, 테이블을 분주하게 살균 위생 티슈로 닦아낸 다음 공항에서 구매한 좌석 덮개를 씌운다. 이게 끝이 아니다. 사람들의 기침과 재채기로부터 자신을 보호하는 마스크를 비행 내내 착용한다고. 여행을 자주 하면 할수록 몸이 아프고 감기에 자주 걸려서 자신을 지키기 위해 청결에 신경 쓴다는 나오미 캠벨의 모습은 확실히 신선한 관점이었다. 그녀의 결벽증에 가까운 위생 관리에 '웃기는 여자'부터 '위생의 여왕'까지 여러 별칭이 뒤따랐다. 여행을 자주 하는 나오미 캠벨이 보통 사람보다 유난스럽긴 하지만 이해 못 할 일도 아니다. 비행기처럼 장시간 밀폐된 장소에 있으면 온갖 박테리아에 노출될 확률이 높다는 건 건강 기사 몇 줄만 읽어봐도 알게 되는 지식 아니던가. 청소 의식을 치러서 마음이 편할 수 있다면, 또 확실히 건강에 이점이 생겼다면 다른 사람이 어떻게 생각할지 눈치 볼 문제는 아니다.

나 역시 예전보다 아주 무뎌진 편이나 건강 강박증에서 완전히 벗어날 수 없다. 모처럼 친구 B를 만나 식사를 하러 가려는 찰나 B가 내게 핸드크림을 빌려달라고 했다. 손바닥에 핸드크림을 짜주다가 "너 손이 왜 이렇게 거칠어?"라는 말이 나도 모르게 불쑥 튀어나왔다. 보통 사람들보다 확연히 보드랍지 않은 손이었다. 말은 이미 해버렸고 친구가 기분 나빴을 거 같아 사과하려던 순간 B는 자신의 손 씻기 강박에 대해 고백했다. 하루에도 손을 수십 번 씻어야 마음의 평화가 찾아오고 그래서 손이 거칠어졌다는 거였다. 카페에 앉으면 손 세정제부터 꺼내 내게도 쓸 거냐며 묻던 친구의 해맑은 모습이 떠올랐다. '손 세정제는 씻어내지 않는 화학물질이라 싫어. 손 씻기는 역시 물과 비누야'라는 생각으로 손 세정제를 거부했던 나의 화학물질 불신도 동시에 떠올랐고. B가 어릴 때부터 몸이 약했다는 사실과 나 또한 그다지 튼튼한 몸은 아니라는 점에서 우리는 각자 다른 방식으로 유난스럽게 자신을 보호하고 있었다.

내가 버스보다 지하철을 자주 타는 이유는 손잡이를 굳이 잡지 않아도 된다는 점에 있다. 미세먼지가 많은 계절이나 겨울이면 지하철 안 불특정 다수의 기침 속에 섞인 바이러스로부터 나를 보호하고자 마스크를 쓴다. 외출 후 손 씻기와 마스크 착용, 환기를 자주 하고 청소를 깨끗하게 하며 위생적인 음식을 먹는 것 역시 건강한 몸으로 살기 위해 중요하다. 이토록 까다로운 위생의 기준은 어디에서 비롯된 걸까. 이 세상이 유해하다고 매일 겁을 주는 건강 기사를 자주 읽어볼 때마다 세상은 위험투성이로 변해갔다. 어릴 때는 포장마차에서 파는 떡볶이와 어묵을 곧잘 사 먹었지만 성인이 된 뒤로는 거리 음식을 사 먹지 않는다. 흙이 있는 곳에 철퍼덕 주저앉거나 놀이터의 그네나 시소의 손잡이를 아무렇지 않게 잡고 놀았던 시절은 사라지고 그다지 청결해 보이지 않는 환경을 마주하면 벌써 병에 걸린 듯 주춤거린다. A형 간염이 유행했을 때 50대 이상은 위생 상태가 좋지 못했던 어린 시절을 보내서 자연면역이 많다는 기사를 읽었다. 무균실이 연상될 만큼 깨끗한 환경에서 면역력을 키우기 어렵다는 말이 떠오른다. 나름 철저하게 위생에 신경 쓰는 게 정말 나를 보호하는 일일까. 강박적인 건강 관리는 병으로부터 자유로워지고 싶다는 바람으로 생긴다. 하지만 아무리 조심해도 걸릴 병은 걸리고야 만다. 무인도에서 혼자 살지 않는 한 수많은 사람과 가축, 환경이 만들어낸 균에 노출될 수밖에 없다.

　너무 깨끗하게 살면 오히려 병에 걸릴 수 있다는 점을 가끔 내게 상기시킨다. 살짝 지저분한 건 나쁜 게 아니라고. 그래도 습관이 된 탓인지 외출 후 손 씻기는 일상이고, 겨울에 대중교통을 이용할 때면 마스크도 잊지 않는다. 어쩔 수 없다. 면역력을 키우기 위해 체온 조절에 신경 쓰는 것도 마찬가지다. 한여름에 에어컨을 거의 틀지 않고 산다. 몸이 주변 온도에 맞춰 덥고, 춥고 자유롭게 체온 조절 능력을 잃지 않은 덕분에 냉방병에 쉬이 걸리지 않는다. 물론 전기료 때문이냐며 좀생이 취급하는 사람들도 있지만 신경 쓰지 않는다. 이건 내 건강이니까. 여름에도 상온의 물을 마시고, 겨울에는 온몸을 따뜻하게 감싸고 산다. 물론 적당히 춥게 사는 게 몸에 더 좋다는 조언도 있지만 나는 추위에 약한 편이라 조금만 얇게 입어도 이내 몸살이 난다. 손과 발이 차지 않고 특히 배가 차갑지 않을 때 건강하다고 느낀다. 매일 몸을 씻고, 청소하고 건강 검진을 놓치지 않고 받아도 언제 또 몸이 아플지는 모른다. 더욱 차분하고 건강한 사람이 되는 가장 좋은 방법은 항상 건강할 거라는 기대를 버리는 것이다. 그러면 갑자기 아플 때 나의 노력이 헛되었다며 허망해하지 않고 간호에만 집중할 수 있다. 오히려 이 병을 앓고 나면 면역력이 좋아질 거라 믿는다.

처음엔 무슨 이런 말도 안 되는 연구가 있냐며 시간과 돈이 아깝다고 생각했던 '3초 룰(Rule)'. 떨어진 음식을 3초 만에 주워 먹으면 세균으로부터 안전하다는 연구 결과는 실로 많은 사람을 구했다. 떨어진 음식을 주워 먹어도 괜찮다는 근거가 되어주었으니까. 유독 위생에 민감한 현대 사람들에게 그릇 밖으로 굴러떨어진 음식을 먹는다는 건 여간 불결해 보이는 일 아니던가. 통통한 새우 한 마리가 테이블에 슬쩍 떨어졌지만 주워 먹지 못해 아까워서 눈만 굴리던 내게 3초의 해방은 꽤 컸다(당연히 깨끗한 곳에 떨어진 경우에만). 재빨리 날름 주워 먹으면 문제없다는 연구 결과를 언제나 떠올린다. 이제 협박하는 메시지보다 불안에서 벗어나게 해주는 메시지를 먼저 기억하기로 했다. 이런 안심 메시지는 건강 비관주의자가 유해한 세상에서 균형을 잡고 살아가게 해준다.

최소한 나를 만족시키는 일

일할 때 언제나 영적 지도자인
람 다스(Ram Dass)의 말을 기억한다.

"무슨 일에나 최선을 다하라.
그러나 그 결과에는 집착하지 말라."

4.

조금은 가볍게 일하기

얀테의 법칙

내가 주도적으로 이끌었던 일의 성과가 좋아 상사든 파트너든 함께 일하는 사람에게 칭찬을 받을 때면 나도 꽤 괜찮은 사람이 된 거 같다. 동료들도 인정해준다. 다른 팀 리더들이 탐내는 인재가 되고, 회식 자리에서 "선배와 함께 일하며 배울 게 많아서 좋았어요"라든가 하는 아첨을 듣고 있자면 이 공동체 안에서 나의 자리를 찾았구나, 안심된다. 마음 한구석이 조금 간질거리기 시작한다. 돈 버는 일에서 인정받을 때는 전구 가는 법을 깨우쳤다는 생활에서의 인정보다 훨씬 많은 박수를 받는다. 보통 경제적인 이득과 연계될 때 더 많은 이목을 끈다. 매머드를 사냥해온 마을 제일의 사냥꾼이 된 기분은 삶이 제대로 굴러가고 있다는 신호로 여겨진다. 일에서 얻는 인정은 가끔 사랑받는 느낌과 동일시될 때가 있지만 무조건적 사랑이 아니라서 마냥 보드랍지는 않다. 다음에는 공룡이라도 사냥해 와야할 거 같은 부담이 동시에 찾아온다.

"나대야 해. 겸손하면 누가 알아주니."

함께 일했을 때 실적이 대단했고, 연봉을 많이 받았으며 높은 자리로 계속 승진하던 선배의 조언이었다. 그의 SNS 피드에는 늘 드라마가 있었다. 자신의 보고라인에게 받은 최고라는 칭찬의 수식어가 문장 곳곳에 있었고, 휴가지에서도 일하고 있다는 고통 어린 호소 안에는 자신 없이 일이 돌아가지 않는다는 무거운 책임감이 깊이 배어 있었다. 일에 대한 기쁨과 고통 모두에서 선배는 정말 열정적인 사람이었다. 일을 해내기 위해 바닥을 쓸며 일하고, 협상 테이블에 당당하게 앉아 자신의 몫을 요구하고, 까다로운 프로젝트에 겁내지 않고 뛰어들고. 선배뿐 아니라 SNS 피드에 들어오는 이름 모를 직장인의 성공담은 가끔 너는 무얼 하고 있느냐며 스스로를 질책하는데 쓰였다. '많이 벌지는 못하고 엄청나게 인정을 받는 건 아니지만 그래도 성실하게 일하고 있어' 정도로는 충분치 않은 걸까.

오래전 한 회사의 사내 홍보 영상에 출연해 "겸손해야 하는데, 겸손이 안 된다"라며 손사래 치며 웃던 가증스러운 내 모습이 아직도 선하다. 첫 책이 나왔을 때 의욕적으로 나대던 나를 기억한다. 새로운 사람들을 만나는 네트워킹 자리에 나가 책을 홍보했고,

방송 섭외가 들어오면 마다하지 않고 출연해 어떻게 하면 뜰 수 있을지 궁리했다. 인터뷰에 등장했을 땐 하이힐을 신고 100미터 달리기도 가능하다, 하며 과한 주장을 하기도 했다. 지금 생각하면 그때 왜 그랬나 싶은 한숨이 절로 나온다. 하지만 나의 나댐은 대단한 경제적 이득을 가져다주진 못했다. 그러다 단순한 삶과 고요함에서 평안을 얻자 나를 자랑하는 게 불편해졌다. 마음 한쪽에는 나도 (다시) 나대야 하는데, 나대야 일도 많이 들어오고 그렇다는데, 내가 이렇게 있으면 안 되는데, 하다가도 묵묵히 지금 주어진 일 자체에 미련스레 집중하는 쪽이 마음 편했다. 나대는 게 일을 많이 벌인다는 의미라면 한계 없이 나를 몰아붙일 것 같고 자랑을 한번 시작하면 계속 발전하는 모습만 보여주기 위해 부담에 짓눌릴 것 같았다.

스칸디나비아 문화권의 신념 중 얀테의 법칙(Law of Jante)이 있다. 덴마크 출신 노르웨이 작가 악셀 산데모세의 소설 『도망자, 그의 지난 발자취를 따라서 건너다(A Fugitive Crosses His Tracks)』(1933)에 등장하는 가상의 마을 얀테에서는 잘난 사람이 대우받지 못한다. 북유럽에서 보편적이고 일상에 녹아 있다는 이 사회 법칙은 나는 남들보다 좋은 사람이 아니며, 더 똑똑하거나 더 많이 알지 않고, 더 중요한 사람이 아니고, 모든 것을 잘한다고 생각지 말라는 등의 내용을 담고 있다. 그동안 '너는 특별한 사람이야, 자격이 있어'와 같은 '우쭈쭈 문화'와 1등만 강요하던 사회에서 살았던 내게 참신한 개념이었다. 집에서 소황제로 군림해본 적이 없었기에 사회에 나왔을 때 내가 우선이 아니라는 점에는 불만이 없었다. 대신 거만한 사람들, 소위 말하는 갑질하는 사람들과 자주 부딪히다 보니 보통 피로한 게 아니었다. 얀테 마을에 살았더라면 모두 배제되고도 남을 사람들이었다. 가만히 있으면 가마니로 본다며 자신이 원하는 걸 큰소리로 요구하는 사람들이 있는 나라에서 누구도 특별하지 않고 더 낫지도 부족하지도 않다는 개념이 받아들여질 수 있을까? 사람은 모두 각기 다른 재능이 있으니 우쭐대거나 남을 무시하지 말자고 말하면 현실도 모르고 도덕책 같은 소리 한다는 말이나 들을 거 같다.

나는 얀테 마을의 일원이 되기로 했다. 특별한 사람도 아니고 특별해지지 않아도 된다는 점이 마음의 부담을 조금 가볍게 만든다. 이제까지 '내가 뭐라고'는 부족한 자신감의 극치인 표현이었다. 하지만 이 말이 얀테 마을에 적응할 때 꽤 좋은 브레이크가 되어줄 거 같다. 지금의 나는 최대한 감정을 섞지 않고 일이라는 객관적인 사실 속에 있으려 한다. 과대포장 없이, 자기연민 없이 담담하게. 연습 중이지만 그래도 예전보다 감정에 조금 더 무뎌진 채로 스트레스 상황에 맞선다. 내 기획에 칼을 많이 들이대는 상사나 청탁 원고를 자신의 입맛에 맞춰 몽땅 고쳐대는 의뢰인을 만날 때면 자신감은 하락하지만 고집을 부리지 않을 이유가 되어주고, 어떤 부분이 나와 달랐는지를 본다. 하지만 내가 부족했다는 맥락의 사과는 하지 않기로 했다. 사과할 이유는 작업물 때문이어선 안 되었다. 내 입장에선 혼신의 힘을 불어넣은 거라서 그걸 부정하는 순간 내게 실망하게 된다. 사과는 마감을 어긴 것처럼 약속을 지키지 못한 신뢰를 깨트릴 법한 행동에서 하는 거라 여긴다.

일에서 성공하지 못한다고 인생이 끝나는 건 아니다. 나는 언제나 내가 할 수 있는 일에 최선을 다하지만, 그 결과가 어떻게 될지는 정확히 예측할 수 없다. 자신감을 꺾고 개인의 성장을 방해한다는 비판을 받기도 하는 얀테의 법칙이 무조건 옳다고 보는 건 아니지만, 최고가 되어야 하고 자신감을 갖고 자신을 드러내라고 이야기하는 풍조 속에서 다른 시각으로 살아가는 방법이 있음을 알게 된 건 도움이 되었다. 그리고 내가 바라는 건 언제나 그렇듯 중간 지점이다. 잘나고 싶지도 못나고 싶지도 않다. 너무 높이 올라가면 떨어질 때 아플 것 같고, 너무 낮은 곳에 자리 잡으면 열등감으로 가득찰 것 같다. 중간 즈음에 자리 잡고 오래 일하고 싶지만, 내가 바란다고 되는 문제는 아니다. 그래서 평범하다고 생각지도 않고 잘나거나 부족하다는 마음도 없이 지금 하는 일을 묵묵히 계속해나가는 것, 그래서 밥은 먹고 살 수 있는 것. 경쟁에서 이탈할 생각은 없지만, 억지스럽지 않은 마음으로 나를 지키며 일한다.

좋아하는 일, 하고 싶은 일, 할 수 있는 일

일에 균형이 깨진 느낌일 때 세 가지 영역에서 프로젝트가 돌아가고 있는지 살핀다. 돈에 크게 구애받지 않는 좋아하는 일, 시간을 많이 쓰진 못하지만 조금씩 미래를 준비하는 하고 싶은 일, 스트레스는 꽤 크지만 그래도 나의 생계를 책임지는 일이다. 이 크고 작은 세 가지 일이 톱니바퀴가 잘 맞물려 돌아가듯 움직이면 삶의 시계가 문제없이 움직이는 느낌이 든다.

'해야 해. 해야 하는데⋯⋯ 내일부터 하자'라는 정신적 스트레스를 크게 동반하지 않고 몸이 이미 움직이고 있다면 그 일은 분명 좋아하는 일이다. 타고난 성향, 이미 내재된 자신 그 자체. 하고 싶은 일이란 동경하고 관심 가는 분야인데 당장 시간을 많이 투자할 만큼은 아닌 막연한 바람 같은 거다. 나의 취향은 여기에 숨어 있고, 취향의 다른 이름인 관심사는 언제나 그렇듯 충분히 변할 수 있다. 살면서 예상 밖의 기회가 주어졌고 잘 해내서 같은 일로 계속 돈을 벌 수 있는 일이 할 수 있는 일이다. 나의 숨겨진 재능은 여기에 있다. 스무 살 이후 아르바이트, 회사원, 작가로 쉼 없이 일하며 내린 일에 대한 지금까지의 정의. 좋아하는 일로 돈을 벌고, 앞으로 하고 싶은 일을 동시에 준비하고 있는 일상은 굳건하고 건설적으로 보인다. 아직 해보지 않은 게 너무 많은데 진로를 결정하라고 강요받는 10대부터, 이 길이 내 길이라 생각하고 계속 걸었는데 수십 년 해보니 결국 아니라고 결론 난 사회 경험 있는 사람까지. 정말 내가 원하는 게 무엇인지 알고 흔들림 없이 앞으로 나아가는 사람은 몇이나 될까. 내게 일이란 짧은 성취의 기쁨과 무사히 끝났다는 안도감이 동반된 고됨, 잘 안 풀릴 때면 과연 이 길이 맞나 하는 의심, 함께 일하는 사람들과의 관계에서 오는 상처 그리고 실패한 일에 뒤따르는 절망이다. 보편적인 의미에서 일이란 보통 생업이라서 싫다고 외면하고 살 수 없는 문제다. 나의 직업의식 첫째는 세상에 기여하겠다는 숭고한 결심에 있다기보다 즐기며 일하고, 인정받고 싶다는 자아실현의 욕망보다 질 나쁜 음식을 먹고 싸구려 샴푸를 쓰게 될까 하는 두려움에 더 크게 맞닿아 있는 듯하다.

젊은 시절 눈부신 성공을 거둔 사람들은 오직 뉴스, 가끔 스타트업에서 유니콘이 된 회사의 젊은 대표로 내 앞에 나타난다. 마크 저커버그 같은 인물을 거론하지 않더라도 자기 분야에서 엄청난 매출을 내는 이른 나이에 성공한 사람들을 보면 초라한 자신의 모습에 마음이 조급해질 때도 있다. 천재는 천재의 길을 가면 되는 거고 나는 느리지만 결국 내 길을 성실하게 걸어가고 있음을 머리로는 아는데도. 젊은 나이에 경제적 부를 일군 사람들은 극소수이고 대부분은 대기만성형이다. 젊은 나이에 성공한 사람들이 흔치 않기 때문에 뉴스거리가 된다. 가끔 나의 전성기는 언제인지 떠올려본다. 벌어들인 돈, 사회적 인정, 일의 흥미도. 무엇을 기준으로 두고 보느냐에 따라 다르지만, 지금도 전성기라고 여길 수 있다. 업무 측면에서는 오늘이 가장 많이 실력이 올라온 날이다. 현재의 나는 과거에 해보지 않았던 일을 할 수 있거나 해본 사람이고, 나이 들어 체력이 달리니 클럽에서 밤새고 노는 일은 할 수 없지만, 야근하는 정신력이 향상된 사람. 하지만 이런 상황이 적신호임은 쉬이 눈치채는 노련함. 매년 나이는 한 살 더 먹었는데 아무것도 한 게 없다는 말을 주변 사람들이 곧잘 내뱉으면 내가 그의 입을 통해 들었던 수많은 업적을 나열한다. 내가 가진 장점 중 하나는 사소한 기억력이 좋다는 점인데, 특정 상황을 주면 그와 연계된 기억들이 줄줄이 생각날 때가 있다. 나는 네가 회사에서 한 일을 알고 있다. 밤을 새워서 다음 해 예산을 얻기 위한 연 단위 실적 보고서와 내년도 실행 계획을 짰고, 너의 보스가 결과물에 흡족했다는 점도. 이 나이, 이 연차면 당연한 승진이라며 내게 자랑하지 않았지만 명함의 직급이 달라져 있음을 발견하는 일. 그 모든 게 왜 아무것도 하지 않은 걸까. 회사를 나와 자기 일을 하게 된 한 단계 도약한 사람도 마찬가지다. 누군가 자신의 상황을 부정적으로 보는 건 이대로 안주하면 도태될 거라는 두려움에 지금 내가 잘하고 있는 게 맞냐는 물음이란 걸 나는 조금 늦게 눈치챘다.

좋아하는 일, 하고 싶은 일, 할 수 있는 일. 돈을 벌어다 주는 생업으로서 이 세 가지를 정의하면 나는 가끔 헷갈린다. 머릿속에 무엇을 쓸까 구상하고, 휴대전화 메모장에 빼곡히 그때 생각났던 문장을 적어두고, 여러 분야의 책을 읽으며 자료를 수집해 정리해둔다. 글을 쓰면서 얼마를 벌고 시간이 얼마나 드는지 셈하지 않아서 좋아하는 일이라는 확신은 있지만, 가끔 이게 할 수 있는 일이 되어 돈을 버는 것과 연계되면 실적에 대한 스트레스를 받을 때가 있다. 그때도 혼자 글을 쓰며 심경을 토로하니 확실히 쓰는 건 내가 좋아하는 일임이 분명하다. 하고 싶은 일은 동경만 한가득한 예술과 관련된 분야지만 지금 생산하는 게 없다. 예술품 보는 걸 아무리 즐겨도 리뷰나 연구를 하거나 무언가 만들어볼 시도를 하지 않고 소비만 한다면 그건 취미이지 일이라 볼 수 없다. 돈을 떠나 무언가 재생산을 할 수 있느냐 마느냐의 문제. 지금처럼 틈틈이 공부하며 물이 차올라 넘쳐흐를 때까지 준비하는 시간은 분명 필요하지만, 평생 준비만 하고 아무런 시도를 하지 않으면 좋아하는 일도 할 수 있는 일도 되지 않을 거 같다. 그럼 취미로 남겨두어야 할 테고. 할 수 있는 일은 언뜻 단순한 거 같지만 가장 괴로운 일이다. 좋아하지는 않는 부분이 그 일에 포함된 경우가 많다. 불만 있는 고객을 상대하거나 예산을 운영하는 과정에서 착오가 발생했거나 실적이 나지 않아서 추궁을 받거나. 그래서 한 번 정나미가 떨어지면 그 일을 다시는 하고 싶지 않다. 그렇다고 그만둘 수 없는 건 새로운 분야에서 신입이 되기에는 현실적으로 나이 제약이 있고 지금까지 배워놓은 일의 기술도 아깝기 때문이다. 경력이 가장 많이 쌓였고, 비교적 많은 돈을 벌어다 주는 일은 넌더리가 나도 버티게 된다. 생활의 질을 떨어트릴 수 없어 결국 그 자리에 있다. 물론 항상 힘든 일만 있는 건 아니어서 나쁘지 않다. 버틸 수 있는 건 이유가 있다. 그때는 어떻게 하면 이 일을 제2의 좋아하는 일로 만들 수 있을지 방법을 찾아본다. 어떤 형태로든 아주 오래 일할 구상을 해야 하니까.

아흔을 넘긴 현역 패션 디자이너 노라노의 〈하퍼스 바자〉(2018) 인터뷰 기사에서 울림을 주던 조언 하나를 기억한다. "늙어서 할 일이 없으면 어떻게 해. 그게 바로 죽은 거지. 더 많은 일을 해야 하니 일할 계획, 그거 굉장히 중요해요. 체력과 능력의 한계를 넘지 말아야 해요. 10퍼센트를 남겨두세요. 뛰지 말고 걸으

세요. 오래 살면서 오래 일할 플랜을 세우는 거. 이거 굉장히 중요

해요. 꼭 기억하세요.”

행복에 붙은 가격표

돈에 대한 감정을 떠올리면 일단 슬프다. 당장 끼니를 걱정할 만큼 빈곤해서 그렇다기보다 영원히 채워지지 않을 독에 물을 붓는 심정이다. 아침을 먹으며 경제신문을 읽는다. 강남 고급 브랜드 아파트 청약에 당첨되면 시세차익이 얼마라는 기사가 실려 있다. 나와 거리가 먼 기사라 적당히 흘려 읽고, 계절과 시간에 따른 전기료 차등 부과를 시범적으로 실시한다는 내용을 좀 더 자세히 읽는다. 거리감이 조금 가까운 기사다. 청년과 신혼부부를 위한 주택 공급에 앞장선다는 서울시 정책도 실려 있다. 그러나 역시 나에게는 해당하지 않는다. 정책 사이로 비껴가기만 하는 조건의 나는 통장 잔고를 열어본다. 이번 달은 일주일 남았고 곧 자동이체로 빠져나갈 공과금, 보험료, 통신료 등을 제외하면 내가 쓸 수 있는 돈은 10만 원 남짓이다. 그래도 나의 경제 관념은 비약적인 발전을 했다. 앞으로 지불해야 할 신용카드 대금은 없다. 최소 생활비만 남겨둔 계좌의 예산 안에서 계획적으로 살았기에 일주일 생활비는 충분히 남아 있다. 일주일 치 식비(장보기 비용)를 쓰고도 친구 한 번 만나기에 부족함이 없는 돈이다. 대출도 없고 비상금 잔고는 매달 늘어난다. 오늘 일하면 다음 달 생활비를 마련할 수 있다. 희망으로 반짝이는 나의 살림살이. 그런데 늘 불안하다. 한 번도 안정을 느껴본 적이 없다. 돈에 대해서라면 아직 그렇다.

노동 소득이 전부다. 자본으로 돈을 버는 경우와 돈의 성격이 다르다. 수없이 많은 스트레스를 견디며 수명과 바꾼 돈을 벌고 있다. 그래서 일하지 않고 노는 팔자를 주변의 모든 노동자 지인들은 부러워한다. 일하다 몇 명의 부자를 만나본 적은 있지만, 그들이 부러움의 대상은 아니다. 일하고 있지 않은가. 나보다 더 스트레스가 많아 보이던 부자들이다. 부러움에 더욱 근접하는 상상 속의 부자란 드라마와 영화, 소설 속에 등장하는 노동하지 않는 인물이다. 돈의 감각이 전혀 다른 세계에 있는 사람들. 신분제가 사라졌지만, 암암리에 돈이 만든 계급이 있다는 사실을 부정하는 사람은 없다. 계약 사회인만큼 갑과 을이라는 일시적인 신분제가 있다. 그래서 차별과 부당함에 화가 나면 회사를 그만두고 싶다(을의 신분에서 속량되고 싶다)고 으르렁거리다가도 다음 달 처리해야 할 개인적인 청구서를 생각하며 분노를 억누르게 된다. 돈은 생존을 의미했고, 그래서 모두 돈을 숭상하면서 동시에 죄악으로 본다. 내가 돈에 감정을 담았을 때는 이렇게 보았다는 소리다. 이제 내게 돈이란 숫자다. 철저한 계산으로 관리할 수 있는 대상.

고급 옷에는 여전히 사르르 녹아내릴지 모르지만, 예전만큼 탐욕스럽지 않고 없어도 괜찮다는 마음. 미니멀라이프 이후 물욕을 관리할 수 있게 되자 살아가는 데 많은 돈이 필요치 않다는 걸 깨우쳤다. 소비를 부추기는 세상에서 중심을 잡고 살 수 있는 이유는 이 정도면 충분하다 만족하는 필요한 것의 목록이 있고, 일상을 유지하기 위한 최소 규모를 알고 생활하기 때문이다. 그 모두를 기록해두었기에 막연한 상상이나 절망에 빠져 있지 않고 목록을 한눈에 훑어보며 객관적으로 내 처지를 관리할 수 있다. 돈이야 많으면 많을수록 두 팔 벌려 환영이겠지만, 그 돈을 벌고 관리하기까지 보통 신경 쓸 게 많을까. 살아보지 않는 삶에 대해서는 말을 아낀다. 책 『철학자처럼 느긋하게 나이 드는 법』에 나오는 이야기가 떠오른다. 어떤 미국인이 그리스 섬에서 노인을 만났다. 노인은 술 한잔을 홀짝이며 바다를 보고 있었다. 노인 뒤편에 자리 잡은 올리브나무의 열매가 땅에 떨어져 있었는데, 미국인은 올리브 열매를 왜 따지 않냐고 물었고 노인은 필요할 때만 딴다고 했다. 올리브를 수확해 올리브오일을 만들어 돈을 벌라고 미국인은 조언한다. 노인은 돈을 벌어서 뭘 하겠냐고 묻는다. 미국인은 큰 집을 지을 수 있고 원하는 것은 무엇이든 할 수 있다고 말하지만 노인은 지금 자신이 하는 일, 석양 바라보기를 할 수 있는 거냐며 되묻는다. 궁극적으로 어떤 삶을 원하느냐에 따라 이 이야기는 자다가 남의 다리 긁는 이야기에 불과할지도 모른다. 원하는 부의 크기가 사람마다 다르므로 한 사람이 가진 돈에 대한 가치관에는 쉽사리 동의할 수 없다. 그래서 적게 혹은 많은 돈을 원하는 사람들의 이야기에는 분노 버튼을 쉽게 누른다. 사촌이 땅을 사면 배가 아파 앓아눕는 사람들도 많고.

다큐멘터리 〈미니멀리즘〉에 따르면 어떤 식으로 보면 돈으로 행복을 살 수 있다고 한다. 연간 7만 달러(미국 기준)를 벌면 물질적인 풍요가 정신적인 풍요의 향상과 연관이 있는데, 그 이상을 넘어가면 돈을 그보다 많이 가져도 더 행복해지지 않는다는 연구 결과를 제시한다. 노벨경제학상 수상자 대니얼 카너먼 프린스턴대 교수의 '7만 달러의 행복'이 근거다. 한국 돈으로 환산하면 연간 약 8천만 원의 수입을 올리면 물질이 주는 행복이 분명 있다는 의미다. 우리나라에서 실질 가처분 소득 그러니까 순수하게 내가 지출할 수 있는 돈으로 8천만 원가량을 벌려면 세금 때문에 1년에 1억 원을 벌어야 한다. 한 달에 660만 원을 쓰는 삶이다. 행복에도 가격을 매길 수 있다니. 4인 가족이라면 2배 수를 곱해야 하고, 2010년 기준으로 7만 달러이므로 물가인상률도 고려해야 한다. 물론

146

절대적인 돈의 크기가 있다기보다 개인별로 만족하는 지점이 다르다는 결론을 내리는 기사도 있다. 무조건 많은 돈이 아닌 살아가는 데 필요한 구체적인 액수를 파악하고 있는 건 돈 앞에서 감정적으로 되지 않는 방법이다. 나는 1년에 내가 쓰는 예산을 잡아두고 그두 배의 돈을 벌면 충분하다고 생각한다. 절반은 지금을 위해 쓰고절반은 노동 능력이 떨어질 미래를 위해 남겨둔다.

한때는 돈을 빨리 벌고 얼른 은퇴해 지긋지긋한 노동자의 삶을 청산하고 자유를 누리고 싶었다. 누군가 비렁뱅이처럼살아도 마흔까지만 바짝 일하고 돈을 모아 은퇴할 거라는 생각을 말하자 '나는 예전에 왜 그런 생각을 못 했지!' 하면서 노동하는 삶의 고통에 눈물을 흘렸다. 헤르만 헤세는 산문집 『밤의 사색』 중 「외로운 밤」에서 "고통을 잘 살아내는 것이 인생 전체이다. 고통에서 힘이 생기고, 통증에서 건강이 생긴다. 갑자기 쓰러져 허망하게 죽는 사람들은 언제나 건강한 사람들이다. 고통을 배우지 못한 사람들이다. 고통이 사람을 끈질기게 하고, 고통이 사람을 강철로 단련한다"라고 말한다. 삶이 행복이든 고통이든 최대한깨어 있는 의식으로 살고자 한다고. 고통을 피하거나 부정하려 하지 않는다. 나는 낭비로 가득한 인생 전반기를 보냈고 중반기에 들어선 지금에서야 겨우 정신을 차렸기에 앞으로도 한동안 부자유속에 살아야 한다. 바꿀 수 없는 현실이기에 오늘 이룬 조금의 발전에 만족하며 일상을 살아간다. 그래도 상상은 멈출 수 없다. 젊은 나이에 은퇴할 수 있다면 무엇을 하며 살지 그려본다. 하고 싶은 공부만 하고, 쓰고 싶은 글만 쓰고, 일하기 싫을 때는 하지 않고. 시간을 내 마음대로 쓸 수 있는 자유가 손에 잡히는 듯하다. 아무것도 생산해내지 않은 채 소비만 하며 노는 내 모습은 도무지 떠올릴 수 없다. 빈약한 상상력은 일의 의미를 돈에서만 찾지 않고 있음을 내게 알려준다.

장래 희망은 예술가

일개미로만 살기엔 인생이 아까워서 언제나 꿈 하나를 달고 산다. 이번 달 통장에 돈을 입금해주는 일에 집중해야 하는 건 알지만, 재능이 있는지 없는지 알 수 없어도 관심 간다는 이유 하나만으로 매달리는 꿈 쪽이 더 좋다. 일종의 현실도피로 지금이 아닌 다른 내 모습을 공상하는 게 막힌 숨통을 트여준다. 현재에 만족하면 마음은 편하지만 어지간한 자기 확신이 아니고서야 멈춰 있는 자신을 향한 불안에 사로잡히기 쉽다. 게다가 나는 직업을 소개할 때 "지금은 이런 일을 하고 있어요"라고 한정 지어서 말하곤 했다. 물론 명함을 내밀고 고개를 숙여 인사하고 내가 이 부서에서 어떤 일을 담당하고 있는지 말하는 비즈니스 미팅 자리는 예외로 두고. 내가 하는 일을 잘 모르는 사람에게 지금 나의 일을 임시직처럼 소개하는 심리는 대체 뭘까. 나는 그렇게 지루한 사람이 아니라는 표현

일 수도, 어쩌면 이런 일보다는 더 대단한 일을 할 수도 있다는 거 만함일지도 모른다. 아니면 '여기에서 얼마나 더 오래 일할 수 있을지 알 수 없어요'란 마음을 드러내는 걸지도. 직장 경력이 10여 년이 넘어가자 비로소 전문가라는 수식어에 얼굴이 덜 빨개질 수 있었고, 책을 연달아 쓰기 전까지는 작가라고 나를 소개하는 게 기만처럼 여겨졌다. 그 분야에 경험은 있지만 대단한 족적을 이룬 게 없다는 자각이 나를 주춤하게 했다. 직업은 돈을 버는 일보다 훨씬 많은 의미를 내포한다. 지금까지 받은 교육, 한 사람의 성향, 장래성까지. 딱 하나의 단어가 개인에게는 복잡했던 인생사를 부품 하나처럼 규격화시킨다. 공부하고 거머쥐고자 했던 게 지금 가진 명함이 전부가 될 순 없다. 그렇다면 내가 부여하는 나의 평생 직업 혹은 장래 희망은 예술가로 하겠다. 회사원이란 소속을 잃으면 결국 아무개 씨가 되어버리는 내게 나 자신이 만들어준 직업. 아니 직업적 태도다.

내가 되고 싶은 예술가란 자신의 세계를 가지고 있는 사람에 가깝다. 새로운 기법에 도전하고, 자신만의 스타일을 창조할 수 있는 그런 사람. 무엇보다 새로운 시도를 생각만 하지 않고 실행할 수 있는 사람. 실제로 그림을 그리거나 영화를 찍는 특정 분야의 예술가라기보다 일을 하는 자세에 가까운 희망 사항이다. 짐 자무시 감독의 영화 〈패터슨〉은 미국 패터슨시(市)의 버스 드라이버이

자 자신이 사는 도시와 똑같은 이름을 가진 패터슨이란 남자의 일주일을 보여준다. 패터슨은 시인이고 부인은 일상 예술가다. 도시락을 싸줘도 고유의 동그라미 패턴을 그려 넣는 디테일을 더하고 집 곳곳도 고유의 도트 패턴으로 단장한다. 영화의 가장 인상 깊은 장면은 패터슨시 주민들은 모두 예술가 기질을 가지고 있음을 보여주는 장치들. 낯선 이가 코인 세탁방에서 세탁기 돌아가는 리듬에 맞춰 프리스타일 랩을 한다. 패터슨은 개를 산책시키다 가만히 그의 공연을 지켜보고 잠깐 대화를 나눈다. 자신의 예술적 기질을 드러내고 토론하는 데 주저 없는 분위기다. 패터슨시 출신인 시인 윌리엄 카를로스 윌리엄스를 좋아하고, 그처럼 일상에서 시를 쓰는 주인공 패터슨 역시 늘 예술에 둘러싸여 산다. 집 식탁 위에 있던 오하이오 블루 팁 성냥갑에서 심상을 떠올리고 버스 출발 전이나 점심시간 틈틈이 시를 쓴다. 출판이라든가 낭송회 같은 딱히 무언가 해내야겠다는 목표나 인정받고 싶은 욕심은 없어 보인다. 하지만 패터슨은 시인이다. 출판한 작품은 없어도 시를 쓰고 있기에 시인이다.

살면서 '언젠가'로 미뤄두고 가끔 꺼내 보는 일이 있다. '언젠가는 박물관에서 일하며 고미술에 둘러싸여 살고 싶다(공부하려고 사둔 이론서는 언제나 첫 장 10페이지 정도만 낡아 있다)'처럼. 누군가 그 꿈을 위해 모든 시간을 바쳐가며 준비하고 있다는 건 일단 생각하지 않고 나도 마음먹으면 할 수 있을 거라고 착각한다. 보통 간절하지도 당장 필요하지도 않은 일이 그랬다. 그렇다고 포기하는 건 아니었고. 마르크스는 종교를 일컬어 인민의 아편이라 말했다. 그렇다면 나의 종교는 모호한 꿈이다. 그 꿈을 위해 죽도록 노력하지 않지만 단지 꿈을 가진 것만으로도 힘들 때 마음을 기댄다. 지금이 괴로울수록 꿈은 또렷하게 다가온다. 절벽 끝에 매달린 기분에서 벗어나게는 해주지만 나는 결코 그 꿈을 이룰 수 없을 테다. '언젠가는 오늘이고, 언젠가는 지금 당장'이라는 마음가짐으로 지금 이 순간부터 시작하지 않으면 그렇다. 시인이 되고 싶다고 말하지만, 시를 한 줄도 쓰지 않는 사람은 시인이 될 수 없다. 그리고 돈을 벌 수 있을까에 대한 고민, 현실은 잠시 잊어야 계속할 수 있다.

한때 수명 짧은 직장인보다 기술을 배우는 게 현명한 판단 같았다. 소질에 대해선 생각지 않았고 일상 예술가처럼 보이던 플로리스트가 매력적으로 다가왔다. 언젠가로 미루지 않기 위해 꽃 디자인을 배웠고, 영국의 유명 플라워 디자이너들의 SNS 계정을 구독하고, 책을 사보고 수업을 들었으며, 유학을 가고자 계획했다. 잠깐 배운 기술로 용감하게도 지인에게 꽃다발을 선물하거나 딱 한 번 재료비 명목으로 돈을 받기도 했다. 물론 가족의 주문이었다. 유학을 꿈꾸고 어떤 브랜드를 만들면 좋을지 궁리할 때의 행복은 짧았다. 정말 직업으로 삼고자 했을 때는 주춤했다. 본격적인 시작 전 온갖 안 될 이유가 떠올랐다. 팔릴 만한 '상품'을 만들어내기에 아직 기술은 부족했고 할 일은 많았다. 그냥 예술가라는 자신에 심취해 계속 꽃을 디자인했다면 나는 지금도 꽃으로 새로움을 창조해내고 있을지도 모른다. 그 분야의 안목 높은 누군가가 나를 발견해 주고 운명이 내게 그 방향으로 손짓할 때까지. 꿈이 정말 직업이 될 때까지 계속할 방법은 현실 감각을 잊을 때다. 자격이 부족한 사람한테 처음부터 많은 돈을 주는 경우는 없다. 이미 내겐 직업 중 하나가 되어버린 글쓰기는 초반에 받았던 적은 원고료에도 굴하지 않고 묵묵히 쓰다 보니 언젠가부터 돈도 벌 수 있는 일이 되었을 뿐이다. 글쓰기는 때로는 본업이었고, 그렇지 않을 때에는 부업이었다. 한 번도 멈추지 않았다.

가끔 스스로 용납하는 열정페이가 있다. 누군가를 위해 일할 때 말고 내 작업을 할 때는 돈을 얼마 버는지는 중요치 않다. 어떤 계산법인지는 모른다. 그렇게 나는 예술가가 되기를 희망한다. 내가 만든 나의 직함이자 직업. 회사원 아닌 예술가인 나는 기획서를 꼼꼼하고 명료하게 쓰는 장인이고, 글을 쓸 때는 신선한 나만의 관점이 담겨 있는지 묻는다. 꽃을 만져도 글을 써도 옷을 골라 입을 때도 예술가의 마음으로 접근한다. 나의 독창적인 스타일을 연구하고 개발한다. 그렇게 접근하다 보면 지금 어떤 영역에서 일해도 나의 직업은 오직 하나가 된다. 나만의 스타일을 만들어나가는 예술가로서의 직업인. 장래 희망이긴 하지만 지금도 나는 그런 마음을 키워나가고 있으니 어쩌면 지금부터 내 직업은 예술가라고 적어야 할지도 모르겠다. 살아가며 돈만 버는 일이 아니라 재미도 주는 일은 남이 부여한 자격이 아닌 내가 만든 직함 하나에서 출발한다.

클라우드 서핑

일할 때 책상에 컴퓨터와 마우스를 제외하고 아무 필기구도 두지 않는다. 잠깐 보면서 기분 전환할 장식품이나 액자 속 사진이 없어도 부족함을 못 느끼는 이유는 클라우드에 수없이 많은 사진과 자료, 과거라는 유흥거리가 넘쳐서다. 아이클라우드 5GB, 드롭박스 5GB, 구글 드라이브 10GB는 거대한 가상공간(실상은 클라우드 스토리지 서비스) 어딘가에 나의 공간이 20GB가 있음을 알려주고, 집에는 2000년대 초반의 모든 사진과 자료, 글을 보관한 외장하드 500GB가 있으니 나의 추억은 딱 그만큼의 크기로 압축되고 저장된다. 한 장 한 장 넘겨 보던 손때 묻은 사진 앨범 아닌 클라우드나 외장하드로 가볍게 어디에서나 찾아볼 수 있도록. 일하다 집중이 안 되거나 머리를 식히고 싶으면 클라우드 서핑을 한다. 실상 서핑의 재미는 추억팔이보다 잡동사니를 버리는 홀가분함에 있다. 현실 세계에서 더는 버릴 것도 정리할 것도 남지 않은 내게 온라인 세계는 끊임없이 정리할 수 있는 스트레스 해소 장이랄까. 여러 불필요한 파일을 정리하고 나면 메일함이 나를 기다린다. 기한 지난 대용량 파일을 삭제하고 라벨을 나누고 태그를 붙여 정리하면 메일이 깔끔하게 각 서랍에 수납된 듯하고, 연사로 찍은 사진 중 베스트만 남기고 몽땅 지울 때는 쌓아둔 쓰레기를 드디어 버린 듯한 시원함. 모두 클라우드에 저장해두는 게 기본이라 정작 컴퓨터 하드는 아이클라우드와 연동된 문서 파일을 제외하면 어떤 파일도 없다. 그래서 컴퓨터가 고장 난다는 가정에도 겁을 먹지 않는다.

'나에겐 헤어스타일 가이드가 있다…… 내가 제대로 오더 하지 않아서 폭탄 맞은 버섯 같은 단발머리가 나왔다…… 울면서 내가 깨달은 교훈은 펌은 이제 하지 않겠다는 것…… 내일 전화해서 디자이너에게 수정해달라고 해야겠다(한숨).'

오래전에 쓴 나의 분풀이 일기 한 조각이 남아 있었다. 징징거림이 화면을 뚫고 나와서 가볍게 없애준다. 이미 잊고 있었던, 머리를 망쳐 서럽게 울던 날의 기억이 되살아났다. 아마 그 사건 이후였을까. 내 머리는 몇 년 동안 일관성을 유지하고 있다. 과거의 파편에서 지금의 내 행동을 이해한다. 고개를 끄덕이며 이보다 더 거슬러 올라가니 'Amical'이라 이름 붙은 폴더를 찾았다. 프랑스어에 입문했던 나의 흔적이다. 도대체 외국어에 몇 개나 손을 대었던 걸까. 나의 끈기 없음에 고개를 절레절레 흔들지만, 마음 한 귀퉁이에 영어를 어느 정도 수준으로 올린 다음 '언젠가' 프랑스어를 하고 싶은 날이 올지도 모르니 남겨둔다. 집에서 교재는 치워버렸으면서 클라우드 폴더 속 듣기 파일은 남겨두는 심리는 무얼까. 어쨌든 프랑스어 폴더는 여전히 살아 있다. 그러다 커리어 폴더를 발견했다. 머리를 식히기 위한 클라우드 서핑 중에 이력서나 내가 쓴 자기소개서 따위는 보고 싶지 않은데, 그래도 뭐가 들어 있는지 궁금해 클릭한다. 여기엔 꽤 재미있는 자료들이 모여 있다. 일단 '사장 고르는 법'이라는 관점의 인터넷 글 캡처본이다. 사장이 오너인지 아닌지 살피고 지독히 가난한 환경에서 태어나 자수성가한 중소기업 사장과 일할 때 조심하라 등 여러 조언이 담겨 있다. 자연스레 그동안 일하면서 만난 여러 사장을 떠올려본다. 돈에 미친 사람이 아닌 일에 미친 사람과 일하는 게 좋다는데 나는 대부분 돈에 미친 사람과 일했다. 그래도 이 파일은 재미있으니 남겨둔다. 그러다 내가 받았던 칭찬 메일 캡처본을 발견했다.

'이번 인터뷰처럼 매끄럽고 원활하게 진행되는 경우는 없었다…….'

갑자기 마음이 흐물흐물해지고 벅차오른다. 단순한 격려나 응원의 말은 수없이 들었지만 진심이 느껴지는 글은 드물다. 서비

스직은 아니지만 그와 비슷한 '칭찬합니다 엽서'일 수도 있는 글들을 수집하는 건 내가 정말 잘하고 있는지 의심이 들 때, 누군가가 나를 깎아내렸을 때 울컥하지만 그래도 마냥 분하지 않을 수 있는 이유다. 내가 미처 몰랐던 나의 강점을 업무 파트너들과 동료들이 진심 어린 격려와 칭찬으로 알려주고 이렇게 나를 알아봐준 몇몇 사람이 있기에 나는 계속 일할 수 있다. 반드시 일과 관계된 건 아니지만 다시 읽어봐도 좋을 메시지들, 예컨대 선물을 보내고 받은 감사 문자(요즘은 손으로 깔끔하게 쓴 감사 편지를 받는 시대는 아니니까) 역시 캡처해 저장해두었다. 긍정의 메시지를 모을수록 부정은 약해진다. 보통 칭찬은 휘발성이 강하고 악담이나 상처는 오래 남는다. 감정이 가진 힘의 세기가 다르다. 칭찬을 모아둔다. 내가 자신감을 잃고 비틀거릴 때 꺼내볼 수 있도록. 클라우드 서핑을 하며 그간 까맣게 잊고 지냈던 칭찬 폴더를 우연히 발견하자 다시 집중해 일할 의욕이 생긴다. 앞으로 더 적극적으로 칭찬 폴더를 부잣집 곳간 불리듯 채우고 내가 아무도 아니고 어떤 일도 제대로 하는 게 없는 기분이 드는 날 종종 광을 열어봐야겠다. 클라우드를 돌아다니다 묵은 감정이 담긴 글, 더는 필요 없는 자료, 더는 듣지 않는 영어 수업 교재 파일을 청소하다 보면 이렇게 보물을 줍기도 한다.

남들의 휴가

뜨거운 열기로 가득한 8월의 첫 주는 유독 한산한 거리를 선물한다. 양옆으로 즐비한 가게를 무심코 들여다보면 휴가를 떠난다는 귀여운 메모들이 가득하고 그걸 읽어보는 재미에 종종 발걸음을 멈추기도 한다. 정상 영업을 시작하는 날짜만 적힌 초밥집의 건조한 공지부터 아기자기한 카페의 휴가 공지. 공지 속 웃고 있는 이모지(Emoji)에서 나까지 설레게 하는 들뜬 마음이 느껴진다. 잘 쉬고 돌아와서 더 열심히 하겠다는 각오를 다지는 가게도 있다. 동네 작은 가게의 주인들은 모두 어디로 떠난 걸까. 그들의 휴가를 상상하며 집으로 돌아오는 길, 회사원으로 살 때 나를 은근히 기쁘게 하는 소소함이 남들의 휴가였음을 기억해냈다.

항상 같은 자리에 있던 사람의 부재. 일주일씩 휴가를 써서 머나먼 이국의 땅으로 떠난 동료들의 여행을 방해하고 싶지 않다.

인계받은 업무가 막혀도 비상상황이 아니면 그에게 연락하지 않겠다는 걸 남모르는 원칙으로 삼는다. 휴가지에서 누구와도 연결되고 싶지 않은 마음은 내가 가장 잘 알기에 나도 받고 싶은 대로 행동하는 거였다. 언제나처럼 일주일은 빠르게 흐른다. 내가 업무를 백업하지 않아도 된다는 홀가분함과 유독 커 보이는 빈자리가 드디어 채워진다는 안정감이 들면 휴가를 떠났던 동료가 돌아온다. 눈 밑의 다크서클이 조금 피곤해 보이는 동료의 손에 들린 여행지의 흔적. 초콜릿일 때도 있고 쿠키일 때도 있던 작은 선물은 상자 같은 사무실에서 느끼는 휴가의 맛이다. 회사원에게 장기 휴가란 1년에 겨우 한 번 주어지는 호사이고, 가끔 연차에 주말을 붙여 짧게 쓰기도 하는 반짝하는 즐거움이기도 하다. 여행은 준비할 것도 많고 돌아오면 비루한 현실에 우울해지고 몸은 피곤하지만, 여행지에서 겪은 사소하지만 강렬한 추억으로 업무의 필수 불가결한 고통을 감내할 수 있다. 점심시간에 스트레스 다분한 업무 이야기보다 누군가의 휴가에 대한 이야기를 하는 건 기분전환 삼을 만한 즐거운 일이고, 동료 중 몇 명은 여행 취향이 비슷함을 발견하고 더 가까워지는 계기가 된다. 먼저 가본 곳이면 여러 팁과 후기를 생생하게 들려주기도 하고. 모두 눈빛이 살아 있고 표정이 느슨해 보이는 점심시간은 말로 이미 휴가를 다녀온 듯 상쾌하다. 긴장을 내려놓은 모습이 평화로운 건 휴가라는 마법 같은 단어 때문이다.

사외 파트너들의 휴가도 기뻤다. 메일을 보내자 휴가 중이고 답변은 휴가 이후로 줄 수 있다는 자동응답 메시지가 온다. '와, 드디어 이 일 중독자가 휴가란 걸 갔네. 쉴 줄도 아는 사람이었네.' 되레 내가 기뻤다. 의사결정권자의 휴가는 업무 지연을 가져오지만, 그의 휴가는 곧 나의 업무 부담이 한동안 준다는 의미기도 하다. 일시적이긴 하고, 에너지를 가득 충전하고 휴가에서 돌아온 일 중독자가 얼마나 혹독하게 일을 몰아붙일지는 미래에 일어날 일이니 일단 잊는다. 물론 나를 괴롭혔던 업무 파트너가 휴가에서 돌아오면 조금 덜 날카롭게 굴까 기대하기도 한다. 열심히 일하는 누구에게든 휴가는 좋은 일이다. 휴가의 참맛은 고된 노동 끝, 큰 프로젝트가 끝나고 해방감이 밀려올 때 마음에 거슬리는 거 하나 없이 떠나는 즐거움. 서늘한 바닷바람과 따사로운 햇살이 내리쬐는 해변, 시원한 산들바람과 여유 있는 숲 어디든 발 닿는 데로 가다 평소 맛보지 못했던 새로운 음식에 도전해 보기도 하고 일 걱정은 한 톨도 하지 않고 지내는 시간 그리고 다시 돌아갈 일터가 있다는 안정감이다. 어떤 여행이든 결국 돌아오기 위해 떠나는 거라고 하지 않던가.

시차가 있는 나라로 떠난 여행에서 시차에 적응될 때 즈음 다시 한국으로 돌아와 낮과 밤이 바뀌어 고생하는 여행이 싫어진 건 휴가를 아무리 길게 써봤자 주말을 앞뒤로 끼고 총 10일 정도가 최대 기간이었기 때문이다. 이렇게 짧은 기간 떠나는 머나먼 여행은 견문이 넓어지고 머리가 맑아지는 장점도 있지만, 휴가의 본래 목적인 쉼과는 거리가 있었다. 멀리 떠나는 여행도 좋지만 나는 집에서 보내는 휴가, 스테이케이션(Staycation) 역시 좋아졌다. 호텔 조식 뷔페처럼 여러 과일을 잘라 둔 아침 식사, 아침부터 집에서 영화 보기, 점심 무렵 친구를 만나 브런치라 이름 붙은 점심을 느긋하게 먹고 전시회를 가고 카페에서 차를 마시고 도심 곳곳을 걷다 집에 들어와 샤워를 하고 흥미진진한 책 한 권을 모조리 읽다 모처럼 자정이 넘어 자기도 한다. 익숙한 공간이 주는 편안함, 평소 가까이 두고 살았지만 미처 탐방해보지 못했던 동네의 여러 구석을 탐험할 시간도 있다. 오로지 자신에게만 집중해 아무것도 하지 않고 쉬거나 꿈틀거리는 내 안의 창조적 욕망을 끄집어내어 글을 쓰거나 음악을 작곡하거나 그림을 그리거나 평소 안 해봤던 요리를 하거나 무엇을 하며 보내든 내가 만족한다면 꽤 근사한 휴가다. 휴가를 쓰지 않거나 혹은 못 쓴다면 슬픈 일이고.

나를 키우는 지적 일상

내 방에서 세상을 탐구한다. 언제나 끼고 읽는 수많은 책, 칼럼, 가끔 영화. 가벼운 지적 유희가 나를 들뜨게 하고 교재를 펼치고 하는 목적 있는 공부가 성취감을 자극한다. 두 가지가 조화를 이루니 비로소 생활에 지적 풍요로움이 감돈다. 수많은 관심사에서 방황하던 나는 머릿속에 동경만 한가득인 일 말고 지금 시간, 체력, 돈을 실제로 쓰고 있는 일에만 집중하기로 했다.

5.

짧은 지적 유희,
끝없는 지적 갈망

△

△

△

여행과 종이 신문

이코노미 클래스 승객은 탑승하라는 안내 방송이 들린다. 어제 짐을 꾸릴 때부터 조금씩 설레더니 바로 이 순간 어제의 일상과 전혀 다른 새로운 환경에 나를 데려다 놓을 참이다. 자리를 확인하는 승무원에게 다다르기 전 눈길을 사로잡는 건 종이 신문이 골고루 놓인 트레이다. 조금 망설인다. 모처럼 종이 신문을 읽어보고 싶지만 내가 신문을 바스락거리고 넓게 펼쳤다가 다시 좁게 접는 모든 동작이 옆 사람에게 피해를 주면 어쩌지. 잠시 스치는 갈등이다. 그래도 여행을 하면 행동이 느려지고 조심성이 생기므로 그런 날의 나는 공기처럼 조용히 행동할 테다. 종이 신문을 집어 든다. 이륙하는 동안 좁은 모니터로 영화를 보는 일보다 작게 접은 종이 신문을 보는 편이 평소와 다른 행동이라 들뜬다. 마치 가판대에서 500원짜리 신문을 사서 읽고 가방에 대충 말아 넣은 뒤, 집에 돌아오

166

면 유리 세정제를 뿌린 거울을 신문지로 깨끗이 닦았던 시절 같다.

태블릿으로도 신문 지면을 보고 있긴 하지만 어쩐지 종이 신문이 주는 물성은 다르다. 손끝으로 한 장 한 장 넘기고 바스락거리는 소리를 최소화하며 종이 신문을 반의반의 반으로 접고 내가 따라잡지 못한 정치면 기사를 읽는다. 문득 인터넷 신문이었다면 이 기사에 얼마나 많은 사람들이 댓글로 전쟁을 치르고 있을지 궁금해진다. 억지와 모욕이 난무하는 '아무말 대잔치'를 보고 있지 않아도 된다는 점이 머리를 맑게 해주지만 한편으론 눈살 찌푸려지는 댓글 사이로 옥석 같은 말장난을 발견하는 재미가 없어 살짝 아쉽다. 한때 어떤 신문을 보는지 질문하고 간접적으로 이 사람의 정치 성향이 진보인지 보수인지 파악하는 방식이 있었다. 논란이 될 만한 기사가 나가면 편집국에 불이 나게 전화가 온다는 시절이었다. 지금은 내 SNS 피드에 들어오는 지인의 '좋아요' 기사와 덧붙인 말을 보고 지인의 정치 성향을 추정한다. 그러고 보면 어떤 신문을 구독하냐는 말에 보수와 진보 논점의 신문을 모두 읽어 균형을 찾는다는 답을 했던 사람이 있었다. 그런 태도가 이상적이라 믿지만, 나의 SNS 피드에 내가 용납할 수 없는 의견을 제시하는 계정이 있다면 곧잘 팔로잉을 끊었던 나를 떠올린다. 편향으로 치닫고 싶지 않지만 억지 논리로 우겨대면 참을 수 없었다.

보도된 기사의 논점에 의문을 가지며 사회면으로 넘어간

다. 인류애를 잃을 만큼 팍팍한 인심과 탐욕스러운 인간들이 그득한 지면이다. 사람들이 힘을 모아 트럭에 깔린 사람을 구해냈다는 마음 한쪽이 따뜻해지는 기사는 악랄한 범죄보다 등장하는 빈도수가 적다. 경제면에 늘 등장하는 수도권 집값 이야기를 건너뛰고 문화면으로 넘어가고 나서야 정서적 안정을 찾는다. 아직 몰랐던 신규 전시회 소식, 문화계 칼럼, 인터뷰 기사를 읽으며 다시 한국으로 돌아오면 주말에 찾아갈 전시를 메모한다. 지상으로부터 멀리 떨어진 비행기 안에서의 반나절은 인터넷과 단절된 시간이다. 요즘은 기내에서도 인터넷을 이용할 수 있다지만 아직 일반화된 건 아니고 가끔은 반강제적인 디지털 디톡싱이 필요할 때도 있다. 종이 신문은 과거의 나를 잠깐 마주하는 즐거움이다. 인터넷 신문은 어떤 매체에서 보도했다는 사실보다 기사 제목 자체의 흥미에 따라 기사를 읽는다. 한 매체를 읽는다는 게 그 매체의 관점을 지지한다는 의미로 읽혔던 옛날과는 다른 세상이다. 여러 흥미로운 기사에 '좋아요'를 누르면 지금의 관심사가 보이지만, 한 사람에 대해 더 많은 걸 알려주는 건 그 사람이 정기구독하는 신문이나 잡지다. 무료로 기사를 읽을 수 있는 수많은 팔로잉 리스트와는 다른 유료 결제가 가지고 있는 확고한 취향이다. 비행기에서 내리면 다시 디지털의 세계로 돌아가겠지만, 이 순간만큼은 종이 신문 읽는 재미에 빠져본다.

　　종이 신문으로 만나는 한국 소식은 국적기에 탑승한 순간까지다. 낯선 공기, 이해할 수 없는 외국어가 귀에 들려오는 세상에 도착하면 그 나라의 신문이 있다. 신문을 넣어달라 요청한 적이 없는데 호텔 방의 문고리에 신문이 걸려 있다. 그 나라 문자로 적힌 신문이라면 비닐 커버를 벗기지 않겠지만 다행히 읽을 수 있는 영어다. 신문이 나오는 호텔에 머물 때면 외국어에 대한 갈증이 생긴다. 이 모든 활자를 읽어낼 수 있다면 내가 도착한 낯선 나라가 얼마나 가깝게 다가올지 떠올린다. 그렇지만 여행이 끝나면 새로운 언어에 대한 미련은 곧잘 사라지곤 했다. 일시적인 매혹이었다. 고요한 아침을 여는 방식으로 호텔 미니바에서 홍차 한 잔을 우리고 영어 신문을 펼친다. 수영장이 보이는 창가에 앉아 국제 소식을 읽는 여유로움은 여행이 주는 묘미다. 태블릿에 있는 영어권 신문의 앱을 얼마나 오랫동안 들어가 보지 않았는지 떠올리며 종이 신문을 펼친다. 한 달에 기사 열 개는 무료로 읽을 수 있는데 그마저도 읽지 않는 나의 게으름. 모국어라면 한 번에 훑어서 내용을 파악했겠지만, 영문은 아무래도 시간이 걸린다. 기사 하나를 붙잡고 읽는 데 오래 걸리고 그래서 곧잘 지루해진다. 관광객을 위한 실용적인 정보는 쉽게 파악도 되고 집중이 되는데 세계 어느 나라에 고통받는 사람들의 소식은 어렵게만 느껴지다니, 살짝 부끄럽다.

호텔을 나서 관광지나 지하철역을 오갈 때면 무료로 배포되는 지역 신문이 보인다. 여전히 종이로 세상 소식을 전하는 작은 도시가 문득 따뜻하게 다가온다. 비록 좀 전에 들렀던 슈퍼마켓에서 싸늘한 시선으로 계산해주던 종업원의 얼굴은 잊지 않았지만. 내가 도착한 도시와 가까워지는 방법으로 점심 먹을 레스토랑까지 지역 신문을 들고 간다. 주문한 식사를 기다리며 타블로이드판 사이즈의 신문을 조금씩 살펴본다. 자국어와 영어로 제공되는 칼럼이 이곳이 관광도시임을 일깨운다. 지역 신문에 칼럼을 싣는 건 시민으로서 그리고 교육부 차관으로서의 자부심이라는 글이 시작되고 그 나라의 유명 예술품에 대한 자랑은 더 가득 담겨 있다. 원하는 정보를 인터넷 검색으로 찾고 지금 SNS 피드를 뜨겁게 달구는 소식이 실시간으로 뿌려지는 세상을 벗어나면 노트 필기 잘하는 모범생이 정리한 듯한 정성 어린 글을 만날 수 있다. 물론 여행지에서만 일어나는 일이지만.

171

△

△

△

비블리오바이불리

'읽을 책이 없다. 읽을 책이.'

　　물론 나는 책 한 권을 가볍게 다 읽고 덮은 뒤였다. 내가 한
탄하는 이유는 읽을 활자는 넘치나 마음속에 품고 있던 근심을 녹
아내리게 하고, 새로운 앎과 도전을 북돋우며 나의 마음을 간질거
리게 하는 내용을 만나지 못해서다. 많은 사람이 좋다고 인정하는
책이 있지만 나는 도서관 한 귀퉁이나 서점의 잘 보이지 않는 구석
에서 아무도 주목하지 않은 책을 보물찾기하듯 뒤진다. 읽고 나선
제목도 작가도 내용도 곧잘 잊어버리지만, 남들이 잘 읽지 않을 거
같아 보이는 책을 찾는 건 일종의 탐험이다. 물론 고전과 지금 가
장 주목받는 소문난 책들도 곧잘 읽는다. 평점에 비례해 내게도 항
상 좋은 건 아니었지만. 그리고 보면 책만큼 취향이 갈리는 분야가

또 있을까. 내가 처한 상황과 고민에 따라 베스트셀러 책도 다르게 해석되고, 와닿는 바가 다르다.

　　내가 이렇게 서점과 도서관을 배회하며 살게 된 건 '서적 병(Books Disease)'이라는 지병 때문이다. 기억하기론 유치원 때부터 조금씩 면역력이 약해지다 초등학교 3학년 무렵 본격적으로 병을 앓았다. 활자 벌레 감염은 잠복기를 거쳐 아는 단어가 많아지고 용돈이 오르고 돈을 벌수록 증세는 점점 악화하였다. 그러다 마침내 불치병이라는 '비블리오바이불리'가 되었다. 그리스어의 책을 뜻하는 비블리오(Biblio)와 라틴어 어원으로 취한다는 의미의 바이불리(Bibuli)의 합성어로 지나치게 많이 읽는 책 중독자를 뜻하는 비블리오바이불리. 사람들이 술이나 종교에 취하듯 그들은 계속 책에 취해 있다고 미국 문예 비평가인 헨리 루이스 멩켄(Henry Louis Mencken)이 창안한 개념이다.

　　픽션에 가깝지만 뭔가 그럴듯한 책 『책벌레 이야기』는 수많은 책벌레 감염 사례를 다룬다. 소설 벌레, 논픽션 벌레, 시 벌레, 희곡 벌레 등 여러 책벌레 유형과 독서법에 따라 성실 읽기 벌레, 빨리 읽기 벌레 등으로 나누기도 한다. 나는 어릴 때 소설 벌레였고, 지금은 논픽션 벌레에 감염되었다. 서적 병에 걸리면 일생 책을 읽거나 쓰는 것을 멈추려고 하지 않는다고 작가 스티븐 영은 전한다. 책이 없는 장소에서의 생활이 곤란해지는데 주요 증상으로 '책을 더 읽고 싶다', ' 아, 신선한 책을⋯⋯' 하며 항상 책을 갈구한다고. 활자 벌레에 감염된 뒤로 읽을거리가 없으면 우울함이 스몄고, 삶이 잘못되어간다는 불안에 떨었다. 책은 나를 현실의 고통과 멀어지게 하고 도피시킨 뒤 다른 세계에 빠지게 한다. 책을 읽고 나서 답을 발견하면 좋은 마무리지만, 대부분 책을 읽는 동안만 현실을 잊는 중독적 망각이었다. 수많은 작가와 유대감을 느끼고, 활자를 읽으며 안도감을 얻는 것도 책에 빠져든 이유다.

책을 많이 읽는다고 지식인이 되는 건 아니었다. 초등학생이었을 때 도스토옙스키의 『죄와 벌』을 읽고 독후감을 썼는데 선생님은 내가 선택한 책 제목을 듣고 꽤 놀란 눈치였다. 책 읽는 어린이는 집에 굴러다니는 모든 책을 그냥 읽는 법이다. 읽을거리에 굶주렸던 시절에 오빠의 책장에 있었던 책을 곧잘 꺼내 읽었는데 애거사 크리스티의 『ABC 살인사건』 같은 추리소설보다 『수레바퀴 아래서』 종류의 고전소설이 더 흥미를 끌었다. 헤르만 헤세의 책 옆에 있던 책이 『죄와 벌』이었다. 그 당시 나의 독후감 수준은 "도끼로 노파를 살해하다니 무척 잔인하다고 느꼈습니다. 주인공 이름(라스콜니코프)이 어려웠습니다" 정도로 당시 5학년이 읽고 소화할 만한 책은 확실히 아니었다. 그 나이의 나는 책의 수준 같은 걸 평가할 기준 자체가 없었다. 소설이 쓰인 사회적 배경을 바탕으로 깔고 주인공의 가난이나 전당포를 하는 노파를 죽였다는 선택,

감정선 모두 확실히 이해하지 못했다. 지어낸 이야기에서 현실을 발견하고 비판적으로 읽지 못했기에 제대로 된 독서는 아니었던 셈이고, 나는 그때와 마찬가지로 지금도 활자를 소비하는 독서를 더 자주 한다.

책 한 권을 이해하는 독서는 잠깐의 흥미가 아닌 공부에 가깝다. 철학자 존 스튜어트 밀의 『자유론』을 딱 한 번 읽고 그 논점에 감명받은 나는 공리주의에 대한 책을 더 찾아 읽었다. 밀이 주장하는 바와 기존의 공리주의자들의 관점의 차이를 명확히 이해하기는 어려웠고 지금 시대에 밀의 주장이 어떤 영향을 끼치는지도 궁금했다. 목마름에 찾은 곳은 도서관에서 진행되는 5주간의 철학 수업이었는데, 한 유명 대학 교수님이 진행하던 강좌는 밀의 생애와 당시 시대 상황을 배우고, 책 머리말부터 시작해 끝날 때까지 주요 문단의 핵심을 파악하는 형태로 진행되었다. 글을 세부적으로 뜯어가며 하는 독서, 단편적인 문장이 아닌 맥락을 파악하는 읽기여서 처음에는 무척 고무되었다. 이 수업이 끝나도 아무도 과제를 검사하지 않을 테고 성적을 받을 일도 없지만, 나만의 관점으로 리포트를 써야겠다고(쓰다 말았지만) 의기양양 생각했다. 그러나 파고들면 파고들수록 숨겨진 함의를 파악하느라 헉헉대며 따라갔고 흥미가 엷어졌다. '누구든지 웬만한 상식과 경험만 있다면 자신의 삶을 자기 방식대로 살아가는 것이 가장 바람직하다'라는 문장에 동의하고 '왜 다수 대중이 용인하는 취향과 생활양식만 관용의 대상이 되는가?'라는 밀의 물음에 나도 똑같이 의문을 표하는 독서에서 느꼈던 자유로움은 수업이 끝나자 사라진다. 하나의 책을 깊이 파고들자 나의 뇌 어딘가에 지적 생채기가 진하게 남은 듯했다.

책을 편식하는 건 생각이 꽉 막힌 사람이 되는 지름길이다. 3년간 한 분야의 책을 읽으면 준전문가가 될 수 있다고 해도 나는 여러 분야의 책을 골고루 담아 먹는다. 물론 관심사에서 크게 벗어나지 않는다. 건강 서적을 제외하면 순수 과학 분야는 읽지 않을 게 분명하다. 심지어 칼 세이건의 『코스모스』일지라도. 지금까지는 그렇다. 대신 나와 비슷한 나이대거나 앞선 선배들이 남긴 삶의 태도와 생활법을 담은 에세이와 실용서를 탐독하고 거기에서 배운 기술과 지혜를 생활에 반영한다. 틱낫한(Thich Nhat Hanh) 스님과 같은 사상가—종교를 불문하고—들의 책을 읽으며 어떻게 하면 혼탁한 마음을 다스리고 맑은 마음을 반쯤 섞을 수 있을지 고민하는 시간을 갖는다. 미술 이론 서적을 두서없이 읽으며 파편적인 지식을 흡수해 지적 허영심을 충족하고 인간이 빚어내는 아름다움의 근원을 탐색해볼 테고. 현실과 맞닿은 정보성 독서도 필요하다. 돈을 많이 벌었다고 상상한 뒤 재테크의 기본도 여러 책으로 배운다. 트렌드에 민감해야 하는 일의 특성상 여러 마케팅, 트렌드 신간 책을 읽지만, 방법적인 내용보다 결국 파악해야 할 부분은 무엇이 사람을 움직이게 하는지 그 동기에 있고 그렇다면 인문학 서적에 눈을 돌릴 수밖에 없다. 현실에서 도망가고 싶을 때면 소설을 펼친다. 행복한 결말이 눈에 보이는 소설 속 주인공이 잠시나마 내가 된다.

세상에는 수많은 지적인 책들이 존재하지만, 나는 감히 그런 이름을 내가 가장 좋아하는 작가요, 책이라고 으스대듯 말할 수 없다. 내가 무엇을 먹느냐에 따라 내 몸이 달라지듯 내가 읽은 책이 내 사고의 토대가 되었을 테지만 이제까지 읽은 어떤 책도 완벽하게 내 것으로 흡수하지 못했음을 알고 있다. 특히 지적 수준이 뛰어난 책은 내게 세상의 힘겨움을 보탰을 뿐이다. 에드워드 사이드의 『오리엔탈리즘』같은, 겨우 세 장 읽고 내가 무엇을 읽고 있는지 왜 계속 같은 자리를 맴도는지 빈약한 지적 수준을 마주할 때면 그랬다. 어려운 책은 그 책의 발판이 되어준 기초지식을 미리 닦아놓은 다음 읽어야 비로소 이해에 가까워진다. 그런데 꼭 기초, 중급, 고급으로 나누지 않더라도 갑자기 흥미가 생긴 분야와 관련된 책을 닥치는 대로 읽다 보면 연결고리가 생기는 순간이 오기도 했다. 조선의 왕 정조에 빠져 있었을 때 그와 관련된 여러 책을 무작정 읽다 보니 평면적인 인물이 입체적으로 변했던 경험처럼. 한 가지 주제를 릴레이로 읽다 보면 언젠가는 깊은 지식을 쌓을 수도 있을법한 책 중독자의 막무가내 독서법은 내겐 앞으로도 짊어지고 살아야 할 습관이자 취미. 나는 책을 먹고 산다.

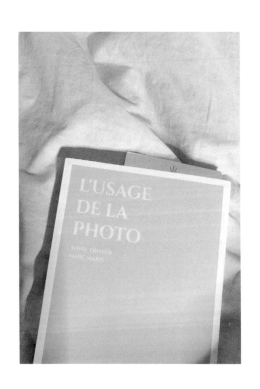

△

△

△

홀딱 반한 만화책

알 수 없는 내용의 문자들이 계속 들어왔다. 잘 보고 있다는 응원 문자부터 정말 그 캐릭터가 맞냐는 의문을 담은 질문까지. 전화가 왔다가 내가 받으면 끊어지기도 했다. 자정 무렵의 시간이었다. 도 대체 무슨 일인지 진상 파악에 나서기 위해 문자를 보낸 이에게 이 전화번호를 어떻게 알고 문자를 보낸 거냐고 물었다. 어떤 웹툰 안에 내 전화번호가 등장했다는 설명이었는데 상황 파악을 해보니 그 웹툰 작가와 나는 업무상 얽혀 있는 게 있었고 최근까지 문자를 주고받았다. 작가에게 곧장 문자를 보내 상황 설명을 했더니 내 번호를 미처 지우지 못하고 화면 캡처본을 잘못 써서 빚어진 실수 임을 알게 되었다. 바로 수정이 이뤄지고 사과 문자가 오고 나서야 계속되던 문자와 전화가 잠잠해졌다. 소란스러웠지만 귀여운 해 프닝이었다. 내가(정확히는 내 번호가) 만화 캐릭터인 줄 알고 전화한

팬이라니. 중학생 때 만화가에게 처음으로 팬레터를 썼던 내가 생각난다. 팬레터라기보다 감상문에 가까웠지만 그렇게 해서라도 내가 얻은 감동을 표현해야 할 만큼 가득 차올랐던 순간이다. 처음이자 마지막이었던 팬레터를 나는 왜 만화가에게 썼을까. 아마 편지를 보낼 수 있는 주소가 공개되어 있다는 단순한 이유로 우체통에 편지를 집어넣었던 거 같다.

지금은 웹툰이 대세지만 한때 손바닥보다 조금 더 컸던 만화책은 시험 뒤 찾아오는 달콤한 휴식이었다. 시험 끝에 만화책이 있음을 알기에 시험공부하는 시간을 버텼고, 나처럼 만화를 좋아하는 교복 무리가 있었기에 시험을 마치면 학교 앞 책 대여점은 문전성시를 이뤘다. 하지만 만화책은 언제나 어른들에게 좋은 인상을 주지 못했다. 왜곡되고 과장되었으며 폭력성, 선정성이 가득하다는 편견 때문이었다. 눈은 너무 크고 다리는 지나치게 긴 여학생과 키가 여학생의 두 배는 되어 보이는 어깨가 무척 넓은 남학생이 나왔다. 만화에서 그들이 연애만 하는 게 아니라 꿈을 향해 달리고 서로를 독려한다는 고무적인 이야기가 있다 해도 교육적인 내용이라 판단하는 선생님은 아무도 없었다. 아마 역사를 다룬 교육용 만화책이었다면 소지품 검사에서 압수되지 않았을 것이다. 그런 만화책은 아무도 가지고 다니지 않았지만.

교복 입은 모범생 소녀와 오토바이를 타던 반항기 넘치던 소년이 만나 사랑에 빠지고 바른길을 걷게 되는 만화는 어른들의 우려와 달리 나를 어떤 방향으로도 변화시키지 못했다. 공부를 더 열심히 하진 않았지만 소홀히 하지도 않았고, 잠깐 만화를 그려보긴 했지만 진로로 삼을 만큼의 재능과 흥미는 없음을 알게 했다. 내게 뚜렷한 인상을 남긴 만화는 순정만화가 아니다. 제목을 기억하지 못하고 내용 역시 부분적으로 남았지만, 집에 두고 자주 꺼내 보던 만화책이 있었다. 그 만화책은 나의 갈망이 어디에 닿아 있는지 알게 해준 작은 비밀이었다. 초등학교 6학년 때 친구 방에서 우연히 발견한 만화책을 몇 장 보다가 도취하여 친구에게 비밀로 하고 곧장 서점에 가서 따라 샀다. 나는 친구 몰래 따라 산 만화책을 숨겨두고 여러 번 읽으며 무척 두근거렸다. 공부를 잘하고 달리기 시합에선 늘 1등을 했고 인기도 많아 반장을 하던, 모든 면에서 나보다 뛰어났던 친구가 가진 만화책에는 전혀 몰랐던 세계가 담겨 있었다. 나는 여전히 예쁜 공주가 나오는 서사에 매료된 어린아이였는데 친구는 패션, 매너와 생활에 대한 실용적 조언을 담은 만화책을 읽었다. 열세 살은 동화의 세계에서 벗어나 조금씩 어른이 되고 싶은 나이였다. 나는 생활 교양이나 매너를 정식으로 배우지 않았고 그런 세계가 있다는 걸 그 만화책을 통해 처음 개념화시킬 수 있었다. 만화에는 '봄'과 '여름'이라는 이름의 자매가 나온다. 언니 봄은 모든 면에서 완벽하다. 반면에 동생 여름은 틈이 많고 항상 배우는 처지다. 봄 언니에게 나는 완전히 매료되었고, 봄 언니처럼 되는 게 나의 소망이었다. 봄의 옷 예쁘게 입는 법, 여름이 레스토랑에서 포크를 떨어트린 뒤 주우려 하자 식사 중에 몸을 굽혀 바닥에 떨어진 커트러리를 줍는 건 예의가 아니라고 봄이 알려준 식사 예절, 여름이 축제에서 만난 낯선 남자를 따라가려 하자 원치 않은 성적 위협을 받을 수 있으니 위험하다는 조언 등을 세련되게 돌려 말해 알려주던 교육 만화였다. 그 만화책을 읽으며 단정하고 깔끔하게 옷을 입고, 바른 매너를 갖추고, 교양 넘치는 어른이 되는 꿈을 꿨던 거 같다. 그 만화책은 객관적으로 대단한 책이라 보기엔 어렵다. 다만 그 시절 내가 동경했던 친구가 가진 책이어서 나는 오랫동안 그 책의 제안에 매료되었다. 말할 수 없는 비밀이었지만 나는 그 친구처럼 되고 싶었다. 다재다능하고 정돈되어 있으며, 늘 깔끔하고 성숙한 사람. 처음으로 타인에게서 내가 되고 싶은 모습을 발견한 때였다. 언제나 다른 세계와 부딪힐 때 나의 세계는 넓어졌다. 충돌이 가져다준 약간 어지러운 지점을 지나면 내가 그토록 바라던 모습은 살짝이나마 내 것이 되기도 했다.

닮고 싶었던 친구는 중학생이 되며 멀어졌다. 이제 그 아이의 이름 석 자와 흐릿한 이미지, 생활 교양의 세계를 열어준 만화책이 남긴 어렴풋한 설렘만 기억한다. 친구가 가진 만화책은 내 생활 취향의 시작점이었다. 내 안에 있던 갈망이 발견한 외부의 자극. 변화는 늘 바깥에서 발견해 내 안으로 끌고 와 나의 노력으로 완성된다. 내가 반했던 그 시절의 사람과 책. 만약 글로 된 책이었다면 생소했던 그 세계가 내게 손에 잡힐 듯 매혹으로 다가오지 않았을 터였다. 내게 만화는 깊은 사고를 할 수 없는 평면적 오락거리가 아니다. 함축적이지만 핵심을 바로 전달하는 쉬운 책, 지금도 만화책을 본다. 꼬이고 복잡하고 그럴싸한 문장으로 가득한 책을 읽다 간결한 만화책을 보면 명료함에 머리가 맑아진다. 알고 싶지만, 진입장벽이 높은 세계가 있다면 언제나 그 분야를 다룬 만화책이 있는지 먼저 살핀다. 미지의 세계와 나를 빠르게 연결한 한 권의 만화책을 알고 있기 때문이다.

△
△
△

영화가 알려준 어떤 미래

나는 대부분의 감정에서 정신적으로 미숙하다. 사랑, 희생, 박애, 용기, 자유⋯⋯. 모든 감정을 깊게 겪어보기에는 나의 일상이 밋밋했고, 나의 모험심은 무모한 도전이 아닌 최소한의 위험을 지는 안정적 계획 위에 하나씩 실행되는 일이었다. 언제나 감정 기복을 심하게 겪을 만한 일은 피해 가는 선택을 했다. 스트레스를 감당하기에 내 정신력은 취약했다. 나에게 고통을 준 사람이나 사건이 생기면 전력을 다해 부딪히기보다 이해라는 이름의 회피와 받아들인다는 뜻에서의 정리가 내가 감당할 수 있는 스트레스 레벨이었다. 나는 그렇게 나를 지키며 살았다. 한 사람에게 주어진 경험의 총량 그리고 그 결과로 얻게 된 무작위의 감정이 결국 내가 살아온 범위 안에서만 세상을 보게 하리라는 것을 알았다. 책 그리고 영화가 없다면 나의 좁은 세계는 자라날 수 없었다.

영화는 짧은 시간에 많은 감정 소비를 불러온다. 무엇이든 부수고 사람을 무생물 대하듯 때리는 액션 영화를 보면 통쾌하기보다 알 수 없는 분노가 치밀고, 사랑이 가득한 영화를 보면 설레지만 극장을 나서자마자 현실 세상과의 괴리에서 오는 공허함이 스민다. 시종일관 웃긴 코미디 영화를 보고 나면 웃느라 입 주변은 얼얼해도 잠시 뒤에 내가 왜 웃었는지 도무지 기억나지 않아 당황스럽기도 하다. 읽고 나서 긍정의 기분을 일으키는 책이 좋은 만큼 영화도 그래야 마땅했을지도 모른다. 하지만 어둠이 없다면 밝음도 없듯이 나는 어두운 감정에서 더욱 깊은 긍정을 발견했다. 차분하기보다 한 톤 더 가라앉은, 그래서 계속 생각을 곱씹게 하는 영화를 이끌린 듯 본다. 감동과는 다른 긴 여운 때문이다. 그런 영화는 대중의 구미에 찰떡처럼 맞지 않는다. 깊은 사유가 들어 있기에 가볍게 머리 식힐 만한 영화는 아니었다. 내가 상업영화와 예술영화를 구분하는 방법이라곤 동네 영화관에서 개봉했느냐 종로나 신촌에 있는 예술영화 전문 상영극장에서 개봉했느냐가 전부일 만큼 영화와 나는 그렇게 가까운 사이는 아니다. 게다가 극장보다 인터넷으로 영화를 사서 집에 앉아 좁은 화면으로 보는 게 더 익숙하다. 혼자 보는 영화는 멈춤 버튼을 누를 수 있고 어떤 지루한 영화도 띄엄띄엄 끝까지 볼 수 있다. 3월에 보기 시작했던 영화를 9월에 다 보는 일은 내게 흔했다. 내가 모르고 살던 감정을 배우게 하는 영화는 오락적이지 않았고, 귀에 낯선 언어와 번역은 한 번에 소화하기 어려웠다. 그래서 꽤 많은 부분을 놓쳤다. 자막 있는 영화의 매력이자 한계였다.

프랑스 영화 〈다가오는 것들〉의 나탈리는 철학 선생님이자 남편과 자녀와 함께하는 일상을 살아왔다. 그러다 25년을 함께했던 남편에게 새 애인이 생겼다는 말을 듣고는 "왜 그걸 말해. 묻어두고 살 순 없었어?"라고 답한다. 젊고 잘생긴 제자 파비앵에게 이혼할 거라고 말하던 나탈리는 여자는 마흔이 넘으면 쓸모없어진다는 말도 한다. 이 나이에 바람피우는 여자는 영화에나 있다며 좋은 사람을 만날 거란 제자의 위로에 냉소적으로 답한다. 늙은 사람은 됐고, 젊은 남자는 자신의 취향이 아니라면서. "별일 아니야. 삶이 끝난 것도 아니고 지적으로 충만하게 살고 있으므로 그걸로 충분해"라고 결론 내리지만, 지적 일상에만 기대기엔 꽤 공허해 보이는 표정이다. 이 영화에서 나탈리에게 새로운 사랑은 다가오지 않는다. 사랑은 해법이 아니라는 듯. 남편의 배신에 이어 나탈리에게 끊임없는 관심을 요구하던 요양원에 있던 엄마마저 죽어버린다. 어느새 자라버린 나탈리의 딸은 아이를 낳고 자신만의 가정을 꾸렸기에 나탈리 곁에 항상 함께하는 건 아니다. 자신이 참여했던 철학 교재마저도 출판사에서 배제당한다. 나탈리는 이 모든 변화에 처절하게 무너지지 않는다. 그저 자신의 삶에 밀려오는 끊임없는 상실을 받아들인다. 드디어 온전한 자유를 얻게 되었다며 반쯤은 진심 같고 반쯤은 불안해 보이는 감정과 함께. 답을 내리지 않고 계속 살아가는 나탈리를 보여주는 영화의 결말에서 지금 나를 지탱하고 있는 모든 것들의 유효기한을 생각한다. 어릴 적에 내게 다가오는 것들은 대부분 얻는 쪽이었다. 새로운 일, 사람, 경험 그러다 익숙한 것들이 조금씩 떠나갔다. 저장된 연락처는 수백 개지만 연락하는 사람은 손에 꼽는다. 결혼식에 초대받는 일이 줄었고, 일가친척의 장례식에 다니게 되었다. 어른의 옷을 입고 죽음에 대해 마주 보는 상황이 점차 늘었다. 내가 지금 손에 쥔 건 찰나일 뿐이고 앞으로 예상치 못한 어떤 일이 나에게 다가올지 알 수 없다. 영화가 아니었다면 나는 그런 상황을 그려볼 수도 어떻게 받아들여야 하는지 미리 상상해 볼 수도 없었을 터였다. 그러고 보면 나탈리에게 변하지 않은 단 하나는 철학이었다. 그녀의 상황은 달라졌지만 철학적 토대는 변치 않았다. 가족이 떠나고, 그간 일궈왔던 일의 한 부분이 사라지고, 한때 믿었던 꿈이 없어지는 삶의 위기가 닥치면 무엇에 의지해 견딜지 내겐 무엇이 있는지 되묻는다.

철학 같은 명징(明徵)한 도구는 없지만 나는 언제나 결국 나를 믿는다. 가장 커다란 버팀목은 나 자신이다. 건강 문제, 실직처럼 살면서 마주한 커다란 위기를 어떻게든 헤쳐나갈 때마다 조금씩 단단해지던 감정이었다. 나는 약한 부분도 있지만 한편으론 강했다. 어릴 때 한없이 커 보이던 어른들에게 받았던 인상, 위기의 시간을 견뎌낸 숙성된 강인함이 내게도 조금씩 쌓여가고 있다. 큰 문제를 마주하고 이겨내는 시간이 성장을 가져온다면 어쩐지 석연치 않은 경험이 남긴 껄끄러움에 오히려 속수무책이 될 때가 있다. 사무실 환경도 함께 일할 사람들도 크게 매력적이라 느끼지 않았지만(그런 마음가짐으로 임해서였는지) 면접에서 떨어지고 나자 어쨌든 실패한 자신에게 실망스러웠다. 나의 문제점에 대해 걸핏하면 곱씹고 있던 어느 날 전혀 만날 거라 기대하지 않았던 전 회사 동료를 우연히 지하철 같은 칸에서 마주했다. 그는 나도 충분히 알고 있는 회사에서 오늘 퇴사하고 나오는 길이라 했다. 겉만 유명하지 안은 구제 불능이라는 게 이유였다. 나 역시 첫인상이 별로였던 그 회사의 면접에 합격하고 입사해보았자 전 직장 동료와 비슷한 경험을 하게 되지 않았을까. 우연이 만들어준 상황을 나는 그렇게 내 속 편할 대로 해석했다. 있는 그대로 받아들인다는 자체가 실상 어렵다. 내가 마주하고 인식하기로 한 모든 것은 내가 해석한 상황이다. 살면서 흔적도 남지 않을 일인데 그때 실패한 나 자신이라는 서사에 빠져 한심한 상태로 있기로 결정한 건 나였다. 아는데, 아는데도 도무지 그런 생각에서 벗어날 수 없을 때는 삶이 가져올 소소한 영화 같은 우연을 기다려야 한다. 괴로워하는 사람에게 흔히 시간이 해결해줄 거라고 위로하지만, 긴 시간이 주어진다 해서 모든 문제가 깔끔하게 사라지는 건 아니었다. 새로운 관점으로 문제를 바라볼 수 있는 계기 하나를 발견할 때까지의 시

간. 나는 그때까지 소소하게 나를 괴롭히는 감정들로부터 결코 자
유로울 수 없다.

△

△

△

서재 없는 사람의 서재

오락거리는 책이고, 열망의 가지는 학구적인 방향으로 뻗어 있는
데 집에 서재는 없다. 나는 미니멀리스트로 살기로 마음먹은 뒤로
전자책을 주로 읽고 종이책을 사봐도 모으지는 않아서 작은 캐비
닛 안에 간직하고 있는 책은 실로 몇 권 되지 않는다. 캐비닛을 열
면 미술이나 역사책, 요리책 그리고 내가 쓴 책 몇 권이 전부다. 전
자책 앱을 열어 보면 읽고 있거나 자주 열어보는 책이 있지만, 진
짜 서재라는 마음은 딱히 들지 않는다. 여전히 벽 한쪽을 채우는
책꽂이를 사고 미술과 철학 서적을 가득 꽂아두고 싶다. 읽지는
않았지만, 책을 가진 것만으로 그 지식을 소유했노라 착각하는 지
적 허영. 그런 나를 애써 누르는 건 사두고 꺼내 읽지 않던 수많
은 책을 정리했던 과거 때문이다. 책을 읽으면 감상을 얻지만, 책
의 물성만 소유하면 실제 책을 읽기보다 방 한쪽을 장식하는 조형

물처럼 때론 다른 용도로 쓰곤 했다. 지금 내가 노트북 거치대로 쓰는 두꺼운 역사책 두 권처럼. 책은 내가 지구에서 가장 좋아하는 사물이지만 종이책이든 전자책이든 책이 존재하는 방식은 내게 크게 중요치 않다. 그 안에 있는 이야기를 내 안으로 모으면 충분했다.

옛날처럼 책이 소수 엘리트층만 누리는 특권도 아니고 누구나 이용할 수 있는 공공재에 가깝다. 이 시대의 책은 없어서 못 읽는 게 아닌 다른 흥미진진한 일들에 밀려 우선순위가 아닐 뿐이다. 그런데도 책이 주는 즐거움이 첫째인 나는 책이 엄청나게 많이 꽂혀 있는 공공도서관과 압도적으로 책을 보유한 장서가(藏書家)의 서재를 우연히 마주하면 감동한다. 단 한 번도 서점에 즐비한 책에서는 유사한 감정을 느껴본 일이 없다. 서점이 매끈한 새 책으로 흥미를 끄는 유혹이 가득한 곳이라면 도서관과 누군가의 서재에 보관된 손때 묻은 책은 사람의 온기가 스며 있다. 세상에는 여러 도서관이 있지만 모두 나를 케이크 가게 앞을 탐욕스럽게 바라보는 꼬마의 모습으로 만들진 않는다. 지금까지는 오직 국립중앙박물관 부속 도서관에서만 나는 그런 꼬마가 된다.

미술사학, 고고학, 역사학 분야의 책들과 관련 잡지가 가득 꽂혀 있고 밝고 쾌적한 공간이 언제까지고 머물러도 지겹지 않은 곳이다. 그동안 박물관에 자주 다니면서 늘 궁금하던 곳이었는데

고립되고 폐쇄적인 분위기가 감돌아 이용하는 데 허가가 필요한 줄 알았다. 탐색하듯 몇 번 어슬렁거려보니 열린 공간이었고 그렇게 드나들기 시작했다. 집에서 작업이 안 되면 노트북을 들고 도서관으로 간다. 도착하면 사물함은 항상 7번을 이용한다. 숫자 강박증이라기보다 익숙한 동선에 있는 사물함 번호였다. 사물함을 임의로 '내 것'처럼 정해놓고 쓰니 마치 집처럼 내 자리가 있는 듯하다. 허리를 받쳐주는 등받이가 있는 의자에 앉는다. 차분히 호흡을 가다듬고 주변을 둘러보며 노트북이 켜질 동안 내 머릿속의 '일 모드 스위치'도 함께 켜기 시작한다. 평일과 주말 모두 여유로운 분위기가 감도는 도서관에는 예술과 문화를 공부하는 사람들로 학구적인 분위기가 흐른다. 아마 여기를 이용하는 사람 중 예술이나 박물관과 아무 관련 없는 사람은 나뿐일지도 모른다. 지적 동류가 아닌 이방인이지만 내가 갈망하는 분야를 탐구하는 사람들을 바라보며 눈을 빛낸다. 환경을 잠깐 바꿔주는 것만으로도 잠시나마 비슷한 사람이라도 된 듯 착각에 빠진다. 나는 이 기분이 매우 좋다.

나는 이제 부러움을 긍정으로 바라볼 수 있다. 오히려 부러움이 생길 때 내가 깨어남을 느낀다. 부러움은 내가 고민하는 문제가 무엇인지 알려주고, 삶의 무료함을 벗어나게 한다. 신용카드 청구서의 숫자가 통장 잔액보다 많았던 때, 집은 먼지 날리는 물건들로 어수선하게 쌓여 있었고 나는 가난했다. 머릿속은 돈으로 가득

찼고, SNS에서 부자들을 팔로잉하고 여행지에서 고급 호텔에 묵으며 현실을 잠시 잊곤 했다. 너저분한 집 따위는 나와 상관없는 듯 깔끔한 장소에서 보내는 안락한 며칠이 가치 있었다. 내가 가진 집과 재정 상태에 대한 불만은 고급 호텔 밝힘증으로 드러났다. 물론 그런 허영심이 나를 더 물질적 궁핍함으로 몰아넣긴 했지만. 내가 오랫동안 고생했던 문제, 물질에 대한 통제력을 키우고 부러움을 어떻게 관리할 수 있을지 노력한 끝에 소비중독에서 점차 벗어나게 되었다. 지금은 감정적 소비가 드물뿐더러 물질 자체에 큰 비중을 두고 살지 않는다. 살면서 축적해 왔던 물질이란 가장 큰 욕구가 사라진 뒤로 한동안 텅 빈 시간을 보냈다. 물질이 채우지 못한 공허와는 다른 감각으로 여백은 여유로웠으나 삶의 재미와는 거리가 있었다.

욕구를 느끼고 싶었다. 그런 내게 찾아온 부러움의 대상이 공부하는 사람들이었다. 나는 예술계통 종사자들의 은거지에서 기분을 내며 한없는 부러움을 느끼고 있다. 이번에는 부족한 가방끈을 길게 이어보려는 학위에 대한 갈증 같은 또 다른 물질 추구일수도 있다. 그러나 나는 한 분야에 깊이 빠져 공부한다는 그 자체가 부러웠다. 명예나 직업적 성취는 두 번째 문제였다. 지금 내가 타인을 향해 갖는 부러움은 콤플렉스, 열등감의 종류가 아니다. 아무런 갈망이 없어 어떤 발전도 없이 멈춰 있던 내가 '해보고 싶어'란 버튼을 누른 계기다. 내가 부러워하는 대상은 달리 말해 내가 가고 싶은 방향이다. 그저 부러움에서 멈출 때 열등감이 생기는 거고, 그 방향을 향해 움직이면 부러움이 사라진다. 누군가 별로 고생하지 않고 해낸 듯 보이는 모든 업적을 직접 부딪쳐보면 각고의 노력 끝에 얻은 결과물임을 알게 되고 그 입장을 작게나마 이해할 수 있다.

실상 나는 아주 오래전부터 공부에 미련을 두고 있었지만, 체계적으로 성실히 하지 못했다. 내가 상상만 하다 곧잘 멈춰버린 세계에 실제로 살아가는 사람들을 잠깐 바라본다. 저 사람은 무얼 연구하는지 호기심을 갖기보다 몰입하고 있는 태도에서 자극을 받는다. 책을 잔뜩 가져다 자료를 정리하느라 자기만의 세계에 빠진 사람을 보며 나도 작업을 시작한다. 일이 뜻대로 안 풀리면 드러눕기 바빴던 집에서의 시간보다 훨씬 원활한 흐름이다. 나는 이곳에 오기 전까지 풀리지 않는 실마리를 부여잡고 끙끙거리고 있었는데 시간을 잊은 듯 내일은 없는 듯 눈앞의 과제에 풍덩 빠져 있는 도서관의 여러 사람 덕분에 나의 생산성도 가속페달을 밟기 시작한다. 어느새 주변을 잊은 채 일거리와 하나가 된 나, 이곳은 모두에게 열려 있음에도 나에겐 개인 서재처럼 만족스러운 공간이다. 전문적인 서적들, 천장이 높은 공간, 이곳을 채운 사람들의 분위기까지 훌륭했다. 좀 더 성장하고 싶고, 긍정적인 에너지를 충전하고 싶으면 그런 환경에 자신을 떨어트려 놓아야 한다. 이곳엔 유독 인상적인 서가가 있다. 도서관 중앙에 마련된 별도 공간에 평생을 미술 계통에 종사했던 사람들이 기증한 개인의 책들이 꽂혀 있다. 내가 여태 한 번도 가져보지 못했던 한 분야에 집요한 관심을 두고 나아간 사람들의 집념이 모인 공간이다. 한 분야에 들어선 뒤로 방향을 틀지 않고 평생을 매달린다는 건 어떤 자기 확신에서 비롯된 것일까. 내키는 대로 관심사를 옮겨 다니고 쉽게 흥미를 보이고 잃기도 했던 나로선 가까이 다가가기 어려운 세계였다. 특색 있던 서고를 둘러보며 나 역시 더는 방황하지 않고 한 가지 분야에 정착해 집중하고 싶다는 깊은 욕구를 끄집어낸다. 어떤 열정을 강제로 이식 당한 기분이었지만 싫지 않았다. 오랜만에 무엇이든 해보고 싶다.

　　박물관 부속 도서관이라서 언제나 기운을 몽땅 소진할 만큼 작업을 마치면 마음이 끌리는 전시관에 들러 한차례 둘러보고 집에 간다. 전시관마다 좋아하는 유물 한 점씩을 찍어두었기에 그날의 기분에 맞춰 전시관을 고른다. 유독 자신감이 떨어지고 머리가 무거운 날에는 불교조각실에서 금동반가사유상을 본다. 나는 특정 종교가 없지만, 이 조각상의 고졸한 미소를 보고 있노라면 나의 고민이 한낱 먼지처럼 느껴지고 마음이 편안해진다. 이 모든 유산에 아무런 비용을 지불하지 않아도 모두 누릴 수 있는 곳에서 시대를 잘 타고난 감사함을 느낀다. 몇 군데 되진 않지만 내가 출몰

하는 서식지에는 공통점이 있다. 지적 에너지로 충만할 것, 나를 사로잡는 아름다움과 역사가 있는 공간일 것, 집의 한 공간을 쓰는 것처럼 편안한 마음이 깃들어 있을 것. 이 모든 걸 갖춘 공간 중 으뜸을 꼽는다면 역시 내겐 박물관 옆 도서관이다.

△

△

△ .

끝나지 않는 공부

불안이다. 내가 절박하게 매달리지 않으면서도 공부라는 집착을 놓아버리지 않는 이유였다. 나의 일거리는 늘 보장되지 않으며 이 대로 시간만 가버리면 미래에 어떻게 먹고 살아갈 수 있을지 생존에 대한 위협이 나를 공부로 피신시킨다. 지적 유희와는 다른 철저한 생계형 공부다. 생계형 공부는 직업 교육의 일종일 수 있다. 기술을 배우는 것과 자격을 갖추는 공부로 크게 나눌 수 있는. 내 마음은 늘 기술에 있다. 하지만 대학교 때 옷을 만드는 어느 실습에서도 탁월한 점수를 받지 못했다는 점과 정확하게 계량을 하고 시간을 지키는 요리에 매력을 느끼지 못함을 기억해야 했다. 손이 야무지지 못하고 몸을 쓰는 일을 하기엔 숙달된 기술자가 되기까지의 수련을 견뎌낼 만한 몸의 기운이 부족하다. 물론 더 큰 장애물은 그 모든 안되는 이유를 넘어설 만큼 사랑하는 분야가 아직 없다. 그렇다면 내가 할 수 있는 건 머릿속에 집어넣은 지식으로 시험을 치러 자격을 갖추는 공부. "공부해라" 소리를 깨어 있는 동안 내내 듣고 자라온 어린 시절을 보냈으니 공부 외의 길이 더 아득하다. 물론 공부에 소질 있다기보다 비교적 익숙하다는 의미다.

회사에 다니면서 공부를 한다는 건 불가능에 가깝다. 전력을 다해 일하고 나면 제시간에 퇴근한다 해도 피곤해서 가벼운 책한 줄 읽는 것조차 힘에 겨워 수험 공부를 하려면 엄청난 체력 또는 정신력이 뒷받침되어야 한다. 아니면 삶을 변화시키고 싶다는 강력한 동기가 있어야 할 테고. 내가 공부에 집중할 특별한 이유는 없었다. 하지만 늘 공상을 하고 계획을 세웠다. 물론 실천하지 않으면 계획은 쓸모없다. 치밀한 계획보다 오늘의 실천이 더 중요하단 걸 머리로는 알고 있다. 모든 계획은 5년 단위로 잡는다. 1년마다 목표를 세운다. 매일 해야 할 공부 범위를 잡고, 오늘 한 공부를 기록한다. 일이 바빴고 피곤했으며 하기 싫었다는 이유로 공부에 손대지 않는 날에도 빠짐없이 '하지 않았음'을 표기한다. 중단하지 않겠다는 의지다. 그런데 표에 의하면 어느새 며칠을 훌쩍 건너뛰었다. 정말 시간이 없었던 건지 되짚어본다. 하루에 5분이면 해낼 일일 영어 회화 학습을 하지 않은 건 문제가 있었다. 오늘하루 안 하면 내일 안 하게 되고 높은 확률로 몇 달 동안 계속하지 않게 된다. 만약 오늘 했으면 계속해나갈 확률이 높아진다.

내게 공부는 운동과 비슷하다. 필요성을 절실히 느끼고 있지만 루틴 근육이 쉽게 만들어지지 않아 애를 먹는다. 생활습관 아닌 어느 정도 훈련 끝에 얻어진 지적 활동에만 비추어 비교해보면 내게 독서와 쓰기는 어릴 때부터 만든 아주 튼튼한 근육이 받치고 있는지 단 한 번도 하기 싫어 애를 먹거나(물론 일과 연결되면 읽기와 쓰기 모두 어느 정도 스트레스를 동반한다) 이 길이 맞는지 의심해본 적은 없다. 하지만 공란으로 남긴 공부 기록표를 볼 때마다 언제나 의심한다. 정말 내가 원하는 방향이 맞는지 괜한 시간 낭비를 하는 건 아닌지. 그렇지만 결국 그 외에는 아무 일에도 시간, 체력, 열정, 고민도 쏟지 않음을 깨닫고 나서야 다시 심기일전하며 "오늘부터 다시!"를 외친다. 고민할 시간에 그냥 공부를 계속하는 편이 좋았을 텐데.

교재를 사고 인터넷 강의를 듣고 아직 목표지점까지 다다르지 못했음에도 준비하고 있다는 사실 자체에 안도한다. 지인은 말했다. "취미 공부는 하면 안 돼. 물론 교양은 쌓이는데 어떻게 보면 시간 낭비랄까. 예전에 수험 공부할 때처럼 온 시간을 다 받쳐서 해냈으면 금방 거머쥐었을 자격증도 취미로 어영부영하면 결국 중간에 포기하게 되더라고." 절박함이 없는 공부에 대한 한계. 그 말에 일정 부분 동의했지만 그래도 그마저도 하지 않으면 나는 불안을 견디지 못함을 알았다. 공부를 어떤 물질적 보상으로 바꾸고 싶은 공부는 지적 유희가 아닌 소리 없는 전쟁터와 같다. 나와 같은 시험을 준비하는 보이지 않는 무수한 경쟁자들을 떠올려야 한다. 지금 가지고 있는 직업에서 한 단계 더 성장해서 연봉을 높이고 싶거나 더 좋은 포지션으로 이직하고 싶다거나 하는 공부도 결국 물질과 바꾸기 위함이다. 그런 스트레스가 공부를 도구로 만들고 그래서 지식을 탐구한다는 느낌보다 어떻게 하면 시험 문제를 잘 맞힐 수 있을지 문제 유형을 분석하고 이해하기보다 암기하고 함정을 피해 가는 요령으로 바뀐다. 하지만 내가 가진 지식은 학위, 자격시험, 논문 같은 인정받을 만한 실적으로 증빙해야만 어떤 기회든 주어졌다. 사회가 정해놓은 규칙을 바꿀 수 없다면 따라야 했다. 물론 그런 규칙 따위 무시하고 살 수도 있지만 불합리하다 여겼던 규칙을 바꿀 수 있는 사람은 되지 못한다. 어릴 적 모든 어른이 공부하라며 왜 한목소리를 냈는지 긴 사회생활을 하며 깨닫는다.

시골 생활, 자급자족으로 먹거리를 키운다. 가족 공동체와 함께하는 유대감으로 도시인의 외로움을 모르고, 자기 땅을 일구는 농가의 일로 몸을 움직여 일은 고될지 모르나 정신적 여유로움으로 가득한 세상이 있다. 그런 삶을 찬양하는 책들을 읽다 보면 도시의 경쟁이 무의미해진다. 하지만 현실을 보면 시골을 버리고 도시로 오는 젊은이의 숫자가 더 많고, 주변에서 귀농한 경우는 드물었다. 시골 찬미자들에 따르면 내 모습은 잘못된 쳇바퀴를 굴리고 있는 햄스터이다. 이력서 한 줄을 더 채워보겠다고 공부하는 어리석은 도시인. 퇴근길 지하철에서 족집게 강사가 알려주는 인터넷 강의를 듣는다. 학창 시절 이후 구경해보지 못했던 칠판이 화면 가득 들어오고 판서를 노트 필기해야 할 부분은 휴대전화 화면 캡처로 저장해둔다. 언뜻 눈길이 간 옆자리에 앉은 어떤 회사원도 강의를 듣고 있었다. 갑자기 여기가 노량진인가 싶었지만, 모두 미래를 위해 고군분투한다는 동질감을 느낀다. 만원 지하철에서 자리에 앉아 끊김 없는 무료 와이파이에 기대 영상으로 공부하는 운수 좋은 날, 햄스터는 그렇게 작은 부분에 만족한다.

　　지금의 공부가 학생 때와 달라진 점이 있다면 손으로 써 가며 공부를 하지 않는 점. 나는 글을 쓸 때처럼 빈 페이지에 키보드로 노트 정리를 한다. 침대에 눕거나 지하철을 타고 다니며 아이패드로 정리한 내용을 읽고 또 읽는다. 부연 설명이 필요한 부분은 링크를 걸어두기도 한다. 다시 학생이 된 듯 공부하다가도 해야 할 업무들을 떠올리면 마음 한쪽이 무겁다. 양손에 쥔 떡을 모두 놓칠까 봐 두렵지만, 만약 한 손을 놓아야 한다면 나는 미래를 위한 공부를 포기할 사람이다. 냉정한 현실에서 꿈은 밥을 먹여주지 않았다. 생계가 우선이었다. 그러나 꿈이 없으면 살아갈 이유가 없다. 내가 지금 꾸는 꿈이 공부를 해야지 더 가까이 다가가는 종류라서 공부를 한다. 그래서 일에 치인다는 변명으로 곧잘 중단해도 다시

공부한다. 생계보다는 비교적 덜 절박한, 나의 한량적 즐거움인 공
부를 삶에서 뺄 수 없다.

나에게 매몰되지 않는 고독

집에서 혼자 잘 논다. 나만 신경 쓰면 되는 편안함이 좋다. 가끔 혼자 있으면 무섭지 않은지, 외롭거나 심심하지 않은지 걱정하는 마음을 넌지시 비추는 사람들이 있다. 그렇게 신경 써주는 사람들이 있는데 내가 정말 혼자일 리가. 물론 끔찍한 뉴스를 보고 이유 없이 겁이 나는 밤에는 문단속을 철저히 하고, 누군가 그리워지면 그 사람에게 연락한다. 집에서 노는 게 지루해지면 밖으로 나간다. 그렇게 균형을 맞추며 산다. 사람은 혼자 살 수 없고 혼자도 아니다. 몸은 혼자 있을지 몰라도 누군가와 연결되어 있다는 유대감은 공기처럼 필요하다. 가족, 친구, 오다가다 만나는 사람들, 자연, 나를 둘러싼 가게나 공공장소와도 어떤 식으로든 유대를 맺고 있음을 알기에 혼자서도 마음을 건강히 지키며 살아간다.

6.

나만의 방식으로

세상과 어울리기

탄산수와 마들렌

해 질 무렵 다큐멘터리 영화 〈아이 엠 히스 레저〉를 보고 있다. 약물 과다 복용으로 사망한 비운의 영화배우 히스 레저가 화면 속에서 웃고 감독이 되어 작품을 연출하고 친구들과 어울리고 사랑에 빠지는데 현실에 정작 그는 없다니. 가슴이 먹먹해진다. 연예인 아닌 예술가로서의 배우는 그를 지지하는 팬이 아니더라도 그 생에 감화되곤 했다. 그의 열정이 허무하게 사라져버렸음을 그래서 결국 언제 어떻게 끝날지 모르는, 짧다면 짧은 삶에 대한 연민이 그가 남긴 기록 위로 흐른다. 영화를 보다 우울하고 슬퍼져서 기분전환이 필요했다. 탄산수 한 잔을 샴페인 잔에 가득 담고 레몬 한 조각을 띄운다. 서점에 들렀다 나오던 길에 제과점에서 풍기는 냄새에 유혹당해 모처럼 사버린 마들렌 하나도 곁들인다. 멈춰둔 영화가 다시 시작되고 마치 샴페인이라도 되는 양 탄산수를 홀짝이며

206

마들렌을 조금씩 베어 먹는다. 내가 느끼는 슬픔과는 반대로 혀를 간질이는 기포가 터지고 달콤한 마들렌이 혀끝에서 조금씩 녹아내리는, 슬픔과 기쁨이 뒤섞인 그 맛에 그만 울어버리고 말았다.

재능 있던 실존 인물의 죽음과 석양, 작게 맛본 달콤함이 조화를 이룬 날의 감상은 오래 이어지지 않았다. 약간의 허무주의가 스며들긴 했지만 삶을 향한 냉소보다는 오히려 감정의 응어리가 씻겨나간 듯 상쾌한 기분만 남는다. 울고 난 뒤 단 걸 먹어 입맛은 그저 그랬지만 간단한 저녁 식사를 준비한다. 그리고 저녁엔 잠시 미뤄뒀던 꿈을 위한 공부를 다시 시작해야겠다 마음먹는다. 주어진 순간에 몰입해 여러 시도를 해보던 다큐멘터리 속 히스 레저의 잔상이 뇌리에 떠돌아다녔다. 그가 살아간 방식 그 자체가 용기가 된다. 한때 건강하게 울지 못했던 날이 많았다. 일에 치이고 힘들면 '언제 죽을지 모르니 대충 살자'라거나 필요도 없는 물건을 사는 스트레스성 소비를 하며 '죽을 때 돈을 싸 들고 갈 것도 아니고'라며 유한한 삶을 핑계 삼아 곧잘 자신에게 부정적이고 극단적인 말이나 했다. 일상 국어 생활에서 무슨 말이든 강조하고 싶을 때 왜 그렇게 죽음을 입에 올렸을까. 노력도 죽을 만큼 하고, 사랑도 죽도록 하고, 분노에 차도 죽음을 언급한다. 너 죽고 나 죽자. 이 격함이 내게도 있었는데 언어습관에서 죽음을 조금씩 몰아내기로 했다. 힘들어 죽을 거 같다는 말보다는 힘들지만 자고 나면 괜찮을 거 같다, 하고. 하는 말마다 죽음을 각오하지 않은 뒤로 자신에게 조금씩 유순해진다.

'죽을 것처럼' 힘든 날 술 한잔을 원하는 어른은 많지만 나는 그런 어른 중 한 명이 아니다. 맥주 한 모금에 얼굴부터 목덜미까지 붉게 변해 꼴이 우스워졌던 대학 신입생 때는 꽤 비참했다. 사람들이 술 마시는 즐거움을 예찬할 때마다 어린애 취급받는 기분. 남몰래 집에서 술 마시는 연습도 해봤지만 열이 오르고 심장을 누가 쥐는 듯한 그때야말로 죽음이 눈앞에 찾아온 듯 괴로웠다. 남들과 비슷하게 어울리고 싶었던 나이에는 알코올 해독 능력이 떨어지는 체질을 받아들이기 어렵다. 결과적으론 술을 마시지 않으면 재미없다고 비아냥거리는 또래들과 무조건 술을 강권하는 나보다 연상인 사람들과의 술자리가 싫어서 모임에 자주 나가지 않게 되었지만. 대학생이 마시는 술은 소주나 맥주였는데, 사회에 나와 보니 내게 맞는 술 몇 가지를 맛볼 기회가 생겼다. 마구 부어라 마셔라 하지 않는 배려할 줄 아는 사람들과의 술자리는 마셔야 한다는 부담을 내려놓게 해 술에 대한 거부감이 들지 않았다. 내 주량의 최대치는 술에 따라 다르겠지만 스파클링 화이트 와인이나 샴페인 반 잔을 온도 차로 글라스에 맺힌 물방울이 물이 되어 흐를 때까지 아주 천천히 마시는 거였다.

이제는 친구들과의 연말 모임에 샴페인 한 병을 사 들고 홈

파티에 갈 수 있고, 밖에서든 집에서든 여전히 알코올은 싫지만 비슷한 기분전환이 필요할 때 식전주로 탄산수를 마신다. 설탕 음료를 피하고, 알코올은 가급적 입에 안 대는 꽤 까다로운 식사법을 가진 내게 탄산수처럼 좋은 대안은 아직 없다. 레몬, 라임 같은 과일 향이든 즙이든 들어 있지 않은 순수한 탄산수를 고른다. 생의 기쁨처럼 반짝이는 탄산, 무미의 탄산은 마치 오늘 하루 내가 겪은 여러 감정의 맛처럼 달고 맵고 심심한 혹은 어떤 추억이 떠올라 괜스레 슬퍼지는 음식에도 가볍게 위로해주는 매력을 가졌다.

⬠

⬠

⬠

우연히 들른 식당

구글 지도에서 우리가 묵고 있는 숙소 근처의 가장 높은 별점을 받은 레스토랑을 찾기 시작한다. 여행은 막바지에 이르렀고, 내일이면 집으로 돌아가기 때문에 관광객의 들뜸도 무뎌진 상태다. 비행기, 숙소 예약, 공항에 도착해 숙소까지 가는 방법만 계획하면 시간 단위로 움직이는 여행 일정을 짜지 않는 서로의 성향. 어떤 여행에서도 우리에게 맛집은 1순위가 아니다. 숨겨진 맛집을 찾거나 애를 쓰며 유명 레스토랑에 예약하기보다 시설 좋은 백화점에 있는 식당에 들어가서 먹으면 충분히 만족하는, 음식에 대해선 집착이 없는 편이다. 배는 고프지만 딱히 먹고 싶은 것도 없어서 현지의 맛집보다 중국 음식은 어떨까, 의견을 나누며 우리는 일단 별점이 높던 차이니스 레스토랑을 향해 걷는다. 휴대전화 지도를 틈틈이 살피며 사람들로 붐비지 않는 길을 걷노라니 오늘이 여행의 마지막 날이라는 사실이 실감 난다.

"이곳에 살면 좋겠다."
"다시 오면 되지."

　서로의 대화 어디에도 진심이나 열의는 담기지 않았지만, 여행 끝에 느끼는 일상으로 돌아간다는 아쉬움만큼은 확실히 전해진다. 언제까지고 구름 위에 뜬 기분으로 이방인처럼 지내고 싶다는 마음을 갖기에 여행만큼 좋은 기회는 없으니까. 이번 여행이 끝나면 또 가볍게 여행 후유증을 앓게 될 참이다. 이런 감상에 젖어 있다 도착한 별점 네 개의 레스토랑은 이미 만석이라 대기해도 기회는 쉬이 주어지지 않을 참이었다. 둘 중 한 명이라도 맛집에 집착했더라면 이미 예약된 저녁 식사 장소에서 편하게 식사했을 텐데 우리는 즉흥적인 식사 장소 고르기에 익숙했고 또 관대했다. 다른 데 가보자고 구글 지도를 다시 켰는데, 지도가 주는 피로함이 싫었다. 지도 말고 우리의 눈과 발과 감으로 찾자고 결의를 다지듯 말한다. 조금 둘러보다가(실은 헤매다) 언제나처럼 괜찮아 보이는 식당에 들어가기로 했다. 맛집에 집착하지 않아 생기는 이점은 일단 식당 음식에 기대가 없어 웬만큼 먹을 만하면 불만이 없다는 점이었다. 특정 가게에 가야 한다는 목적의식이 없어서 거리에 즐비한 레스토랑 중 끌리는 곳에 발길을 옮길 때 오히려 인기 없어 보이는 곳을 선택한다는 점도. 내가 식당에 바라는 건 깨끗한 환경이고 손님이 많고 적음은 큰 문제가 되지 않았다. 오히려 우리는 손님이 두세 팀 있는 조용한 식당을 더 좋아했다. 식당을 열 정도라면 먹을 수 있는 음식이 나온다는 건 분명할 테니까. 구글 지도에 별점을 얼마나 받았는지는 확인하지 않은 채 빈 테이블이 있었던 식당으로 들어갔다. 겉보기에는 크지 않았는데 막상 들어가니 식당 안쪽으로 작은 정원에 노천 좌석이 있는 곳이었다. 그곳엔 이미 테이블 꽉 차게 사람이 있었다. 하나 남은 테이블에 안내받고 메뉴판이 주어지고 익숙한 이름의 파스타를 각자 하나씩 시킨다. 어느 식당에서도 받지 못했던 서비스로 식전주 화이트 와인이 서빙되고, 입맛을 돋우는 식전 빵을 먹게 될 줄 몰랐지만.

우연히 들어온 레스토랑을 둘러싼 사각형의 하늘은 유독 새파랗고 높았다. 우리 근처에 앉은 현지인들의 눈동자 색을 닮은 듯했다. 가끔 불어오는 늦은 봄의 산들바람에 마음이 한껏 풀어져 모국어든 영어든 알아들을 수 있는 언어는 한마디도 나오지 않는 식당에서 한갓진 식사를 한다. 우리는 말이 없었는데, 갑자기 내 접시 위로 자주색 작은 꽃 하나가 떨어져 말문이 트였다. 어디에서 온 건지 주변을 둘레둘레 쳐다보다 이내 꽃에 집중해 신기하듯 바라보니 피곤했던 얼굴에 생기가 돈다.

212

"여기로 돌아오라는 신의 계시일까. 아니면 하늘에서 내린 선물?"

이 작은 우연이 지나칠 만큼 예뻐서 작은 자주색 꽃을 냅킨에 잘 싸둔다. 의미를 담으니 갑자기 소중해진 꽃이었다. 저녁을 먹어야겠다는 단순한 목적으로 여느 날과 비슷한 여행지 식사를 하러 나왔다 별다른 기대 없이 들렀던 식당. 괜찮았던 식사와 낭만적인 기억을 남긴다. 레스토랑 주변에 사는 주민이 장을 봐서 퇴근하는 모습이 보이고 그들의 일상을 바라보고 있자니 빨리 집에 돌아가 나의 일상을 살고 싶어졌다. 퇴근길에 늘 지나치지만 한 번도 들러보지 않았던 작은 가게에 가서 새로운 먹거리를 발견하고, 자주 가던 슈퍼마켓 대신 한 번도 가보지 않았던 슈퍼마켓에서 장을 보는 변화를 그려본다. 어제와 비슷한 일상에서도 새로움을 발견할 줄 아는 방법은 아무 기대 없이 새로운 시도를 할 때였다. 여행지에서는 수시로 그런 기회가 찾아온다. 무계획으로 들른 장소 중에 성공은 희소했고 그저 그랬거나 혹은 실패하는 일도 부지기수였는데 어쩌다 흡족한 장소와 기억 하나가 선물처럼 남는다. 실패해도 자신을 너그럽게 용서할 때는 내가 잘 모르는 환경에서 벌어지는 일이다. 완벽한 계획은 존재하지 않고, 일정표대로 반드시 움직여야 한다는 규율에서 벗어나게 될 때 더 큰 즐거움이 찾아왔던 순간들. 그러나 익숙한 일상은 실패를 쉽게 용납지 않는다. 내가 들인 수고와 비용만큼 얻는 게 당연하고 기대에 못 미칠 때 생기는 다소간의 울분. 나 그리고 주변 사람에게 높은 기대치를 두는 건 익숙한 홈그라운드의 단점이다. 지금도 그 꽃은 여행지에서 샀던 책 사이에 있다. 잘 말려진 압화가 언제 어떤 계기로 바스러져 버릴지는 모르지만, 결코 퇴색되지 않을 한 가지. 기대 없이 받은 작은 선물이 주었던 반짝이는 즐거움이다. 모든 것에 효율과 손익을 계산하지 않고 자연스레 살다 보면 가끔 얻게 되는 수확이다.

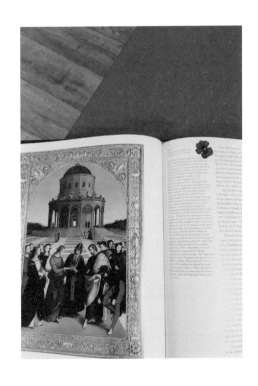

⬠

⬠

⬠

남의 동네 명예 주민

계동의 토요일 아침은 참 한산하다. 오전 10시 무렵은 이른 시간이라 아침부터 발걸음을 재촉하는 관광객들이 아니면 동네 사람들은 모두 집에서 주말의 느긋함을 즐기고 있는 듯하다. 창덕궁 후원에서 열리는 고궁 음악회를 갔다가 계동을 지나 화동, 소격동을 거쳐 산책하고 있다. 여름 초입이라 어느새 목이 말라서 물 한 병을 근처 가게에서 사 손에 든다. 어느 하나 높은 건물이 시야를 가리지 않아 답답하지 않고, 한옥과 근대건물이 고궁과 어우러져 운치 있다. 창덕궁 후원이 보이는 위치의 빌라를 눈여겨봐뒀다. 도대체 여기 부동산 시세는 얼마나 할까. 내가 가진 예산에 맞추면 전체 리모델링이 필요한 오래된 작은 집뿐이고, 마음에 드는 수억대의 깨끗한 집은 살 수 없다. 애초에 궁에서 봐둔 빌라는 매물에 나오지도 않았다. 이곳으로 이사와 종로구 주민이 되어 고궁 입장료를 할

인받아 매 주말 걸어서 가볍게 산책하러 다니고, 정독 도서관에서 놀다가 그곳에 있는 갑신정변의 주역 김옥균 집터도 한 번 살피고, 집에 오는 길에 늘 다니는 100년 넘은 건물에서 장사 중인 빵집 '안국153'에서 식사 빵을 사 오면 좋겠다 싶지만 이사 와서 하고 싶다는 일이 지금도 주말이면 내가 즐겨 하는 일이다.

봄이면 경복궁에서 한시적으로 개방하는 고종의 서재였던 '집옥재'에서 책을 읽다가 경복궁 생과방에서 차와 다과를 즐긴다. 어쩌다 한번 하는 놀이지만 이 동네에서만 체험할 수 있다. 전통문화에 관심이 없었을 때는 몰랐던 즐거움. 본래 유행을 좇던 사람이어서 고미술보다 동시대 미술이 더 매력적이었다. 하지만 시대에 갇힌 예술이 주는 고요함에 매료된 뒤로 그 시절의 정취가 느껴지는 공간이나 이야기에 빠져들게 되었다. 지금보다 과거를 더 낭만적 또 환상적으로 바라보고 있는 증후군에 걸린 까닭이다. 현재란 늘 불만스러운 거고 다른 시대를 동경하게 된다고 말했던 영화 〈미드나잇 인 파리〉 주인공처럼. 내게도 상상 속 황금시대는 지금이 아니라 과거에 있는 것이다. 만약 내가 영화 주인공처럼 과거로 돌아가 동경하는 인물들을 만날 수 있다면 나 역시 결국 파리 신드롬을 겪지 않을까. 파리에 대한 낭만과 환상으로 가득 차 파리에 도착하지만 불결함과 인종차별, 불친절함에 현실과 낭만의 괴리를 견디지 못하고 돌아간다는 그 신드롬 말이다. 문인 화가들의 서화에서 고아한 정취를 발견하지만, 실상 조선은 가난하고 신분제에 갇혀 있고 한계가 분명했던 시대이다. 그래도 조선 달항아리의 미태에 매료되고, 지금 사용해도 좋을 법한 디자인의 청화백자가 고려청자보다 와 닿는다. 문화적으로 충만한 이 동네에는 고미술도 있고 현대미술도 있다. 경복궁에서 길을 건너면 국립현대미술관이 있고 국제갤러리처럼 여러 갤러리가 길을 따라 쭉 이어져 있다. 사간동은 평창동이나 인사동처럼 갤러리가 많이 모여 있는 거리다.

7년 넘게 산 주소지보다 남의 동네인 안국역 일대가 더 익숙하고 편하다. 어디에 무엇이 있고 어떤 가게가 새로 생기고 없어졌으며 확장 이전했는지 사는 동네보다 더 관심 있게 지켜본다. 지인들과 만날 때 대부분 이곳을 약속 장소로 잡는다. 그리고 아무도 시키지 않았고 자격도 주지 않았지만 나는 투어 가이드가 된다. 길을 안내하고 평판 좋은 가게나 카페에 함께 가고 무엇보다 동네 곳곳에 숨겨진 흥미로운 장소에 사람들을 안내한다. 궁녀들이 아들 낳는다고 마셨다는 우물터가 있는 곳을 목적지로 걷는 것처럼. 버림받은 듯 허름한 옛 장소이지만 당시의 사고가 녹아 있는 이야기는 흥미로워 비판적인 대화들이 오간다. 그럴 때면 정말 재미있는 투어가 된다. '두꺼비 투어'라 이름 붙인 나만의 여행사는 그렇게 암암리에 운영된다. 함께 걷다가 갑자기 지역이나 문화재 해설사로 돌변해 사실에 여러 허구를 붙여서 사람들과 노는 게 재미있다. 두꺼비 여행사의 어원은 뜬금없이 생겨났다. 예전에 근무하던 회사 근처에 황금색 두꺼비 조각상이 건물 앞에 있는 빌딩이 있었고, 나는 금두꺼비가 가진 부귀영화라는 상징성을 과대 포장하여 소원 비는 성지로 탈바꿈시켰다. 점심 식사 후 직장 동료들을 이끌고 시답잖은 이야기들을 지어냈는데, 사람들이 꽤 즐거워했고 실제로 소원을 빌거나 사진을 찍었다. 다른 지역에서도 가끔 투어 가이드로 변신하니 어느새 두꺼비 투어 대표가 되었다. 물론 수익성 사업 모델도 없고 지인들과 하는 놀이에 불과하지만.

부자가 되고 싶다면 부자 동네의 아주 작은 월세방에서라도 살라고 하고, 어떤 사람이 되고 싶다면 이미 그런 기질을 가진 사람과 어울리라 한다. 맹자의 어머니 구부인은 자식 교육을 위해 환경을 세 번 바꿨고, 서당 개도 3년이면 풍월을 읊는다고 하니 어디에서 누굴 만나 교류하는지가 한 사람의 사고와 삶의 방식을 결정한다. 하지만 꼭 머무르는 방식이 전부라 생각지는 않는다. 아무리 좋은 동네에 살아도 자기 집에만 갇혀 있으면 그 동네의 매력을 제대로 알 수 없다. 집에만 있다 보니 주소지 근방은 개척하지 못한 곳투성이지만 안국역 일대는 일정 주기로 계속 방문하니 주소지보다 친숙해졌고 문화가 흐르는 거리에 더 깊은 관심이 생겼다. 결국 주어진 조건과 크게 상관없이 관심을 두고 깊게 보면 내 것이 된다. 원하는 동네의 부동산을 살 돈은 없지만 거기까지 가는 차비는 충분히 댈 수 있으니 애정이 담긴 동네로 매주 놀러간다. 나는 명예 주민이 되고 싶다. 만약 종로구에서 명예 주민 테스트를 한 다음 자격을 부여해 고궁 입장료 할인처럼 주민에 버금가는 혜택을 주는 프로그램을 실시한다면 열심히 공부해 시험에 응할 생각도 있다. 좋아하는 걸 누리는 방식은 꼭 하나가 아니다. 사랑하는 동네가 있다면 그곳에 살지 않아도 애정을 표현하는 방법은 있다. 언제나 소유하지 않아도 소유하는 방식으로 산다.

⬠
⬠
⬠

놀이의 연대기

놀고 싶은 주말이면 언제나처럼 박물관 한구석으로 간다. 지금 내가 노는 방법은 혼자서 전시회 어딘가를 배회하며 사색에 잠기는 것인데 소문난 전시보다 이름 없는 전시, 특별전시보다 상설전시. 그러니까 박물관 소장품을 보는 쪽이 마음에 든다. 소란스럽지 않은 공간은 언제나 사람들 관심 밖에 있다. 고요함 속에 오래 머물며 깊은 상념에 잠기면 나는 편안했다. 물론 과거의 유물을 볼 때면 나의 지적 한계를 분명히 알아챈다. 나의 뿌리고 조상들의 유산인데 기초적인 한자 몇 가지를 제외하면 나는 문자와 대부분 연결되지 못했다. 평소와 다를 바 없이 전시실에 머물던 날이었다. 내 옆에 전시를 보던 중국인이 펼쳐진 고려 시대 고서적을 보며 한자어를 줄줄 소리 내어 읽기 시작했다. 이해한 듯 고개를 살짝 끄덕이는 모습까지 이어지자 나는 맹렬한 질투를 느꼈다. 내가 마땅히 가졌어야 할 나의 한 부분을 빼앗긴 기분, 이 모든 문자를 해독할 수 있으면 좋겠다는 바람이 이미 그 문자를 자신 안에 가진 사람으로 인해 깨어났다. 그리고 그날은 내게 특별한 날이 되었다. 한가한 놀이에서 한 단계 더 나아가고 싶다는 확신. 그 외국인은 자신이 지나가던 타인에게 무엇을 던져두고 떠났는지 몰랐으리라. 박물관 안 카페에 앉아 차 한잔을 시켜두고 내 안에 깨어난 미묘한 열망을 어떻게 해소해야 할지 다소 들뜬 기분과 모호한 계획들로 머릿속을 채웠다. 전시 후에 곧잘 들르는 박물관 카페는 두 가지 재미가 있다. 박물관 소장품을 활용한 아이디어 메뉴가 있고—고궁박물관의 황제 와플과 오얏꽃 카스텔라처럼— 기념엽서를 사서 누군가에게 편지를 쓰기에 가장 좋은 곳이기도 하다. 하지만 한자가 갑자기 훅 들어온 그날은 달랐다. 카페에서 보내는 시간을 온전히 즐기기보다 한자를 더 알고 싶다는 의욕으로 가득해 이곳이 어디인지도 잊었다. 무얼 어떻게 시작할지는 몰랐지만 그랬다.

나는 언제나 양면을 가진 채 살아왔다. 내 안에 두 명의 내가 있는 거 같았고 언제나 정반대의 성향을 가진 두 사람이었다. 모범생과 날라리 중간을 절묘하게 유지했던 학창 시절이 그 시작이었다. 수학책 대신 패션 잡지를 끼고 다니며 성적을 잘 받기 위해 공부했다. 선생님 몰래 귀를 뚫고 콘택트렌즈를 꼈고 교칙에 위배되는 양말이나 신발, 가방, 헤어핀을 착용했다. 꾸미는 걸 제외하면 문제를 일으키는 학생은 아니었고 사춘기 반항에는 관심 없었다. 다가오는 미래가 중요했다. 독특하게 치장하는 건 나의 놀이이자 스트레스 해소방식이었고, 남과 같은 건 참을 수 없었지만 동시에 주목받는 건 원치 않았다. 이런 성향은 대학생이 되어서도 이어졌다. 그때도 미래가 가장 중요했기에 성적을 잘 관리했고 각종 사회활동을 활발히 했다. 동시에 노는 일도 부지런했다. 내 취향의 음악을 틀던 외모도 근사한 DJ를 쫓아다니며 클럽에 다니고 바에 놀러갔다. 술 한 방울 입에 털어 넣지 않아도 밤을 새워 놀 수 있을 만큼 흥이 많았고, 평생 쓸 체력을 그 나이에 다 쓰고 있는 듯 언제나 팔팔했다. 놀지 못한 젊은 시절을 후회한다는 말과 나는 거리가 멀다. 나는 내가 할 수 있는 최선을 다해 놀았다. 부은 발, 머리카락에 밴 담배 냄새가 역겨운 밤을 수없이 보냈다. 유명한 클럽은 모두 가봐야 했던 내가 어느 날부터 시간이 아깝고, 돈이 아깝다 목소리를 내기 시작했다. 눌러 놓았던 모범생인 내가 깨어났다. 이 두 명은 하나로 합쳐질 수 없었고, 나는 밤에 놀기 좋아하던 자아 하나를 어느 순간부터 잊기 시작했다. 나이가 들었고, 유행을 따르는 게 피로했고, 화려한 파티복 같은 옷을 옷장에서 없애던 때였다. 변화는 늘 서서히 일어난다. 하루아침에 바뀌는 게 아니라 점차 흥미가 사라지며 하지 않아도 아쉽지 않고, 그렇게 1년이 지나고 몇 해가 흐르며 내가 한때 그런 일에 열광했던 사람이었는지조차 잊어버릴 정도로 어느새 달라져 있다. 한때 큰 비중을 차지했던 밤의 놀이는 서서히 희미해지다가 완전히 사라져버렸다.

유치원 때 가지고 놀던 인형을 어른이 되어서도 변함없이 갖고 논다는 건 아무래도 어렵다. 나이에 따라 놀이 취향은 변하기 마련이고 지금은 몸을 쓰는 놀이보다 골똘히 사고하는 놀이에 끌린다. 앞으로 내게 남은 시간이 무한하지 않음을 자각한 뒤로 두 명의 내가 한 명이 되었다. 지루하지만 건실한 모범생 쪽이 승자였다. 무언가 배워나가는 게 놀이가 될 수 있음을 알고 있는 자신이다. 지나간 무수한 시간 속에 꽤 커다랗게 성장했을 수 있었을 나의 배움은 이제야 먹이고 재우면서 키우는 놀이가 된다. 이번에도 서서히 변했다. 오늘 몇 개의 한자를 알아내면 내일도 새로운 한자가 궁금했고, 어느 날 전시에 갔다가 해독 가능한 문자가 몇 개 더 늘어나 있으면 즐거웠다. 마치 한글을 조금씩 깨우치고 있는 아이처럼 무한한 호기심이 생겨난 듯했다. 나의 고리타분한 모범생 자아의 취향에 나는 순순히 끌려간다.

"이런 날에는 자전거를 타야 하는데." 횡단보도에 서 있던 내 귓가를 스치는 어떤 행인의 나지막한 한탄이었다. 놀이란 아무 목적의식 없이 단순히 즐기는 일이다. 누군가 이런 햇볕 좋은 날 자전거를 타고 내 옆으로 신나게 지나갈 때 나는 천천히 거닐며 건물에 적힌 한자를 유심히 들여다보고 있을 거다. 그리고 건널목 너

머에선 조기축구회의 시합이 한창일 거고 어떤 이는 거리의 꽃을 보며 이름을 궁금해하고 있을지도 모른다. 저마다의 놀이에 빠져 지내는 순간들이 교차한다. 스포츠를 즐기면 몸에 활력이 생기고 무언가 알게 되는 일을 놀이로 삼으면 가벼운 지적 희열을 느낄 수 있다. 십자말풀이를 모두 맞출 때의 소소한 성취감처럼. 나는 결과적으로 좋은 놀이가 분명 있다고 생각한다. 어쩌면 계속 가져갈 수 있는 놀이는 건전한 결과를 부르는 쪽이 아닐까. 몸과 마음을 모두 돌보면서 은근한 발전을 부르는 놀이면 더욱더 좋고. 지금 나의 놀이 연대기에는 놀이라 부르기에 모호한 '길 가다 만난 한자 해독하기 놀이'가 새겨진다. 남의 집 대문에 쓰인 한자를 읽어보다 막히는 게 있으면 온라인 한자 사전을 검색해 찾아본다. 그렇게 이 집의 주인인 김 모 씨의 존함을 알게 된다. 어느 한옥에 매달린 등에 새겨진 '쌍 희(囍)', 그러니까 기쁠 희 두 개가 붙은 한자를 발견한다. 항상 기쁜 일만 있고 널리 기쁘게 하라는 뜻의 전통 문양으로 자주 쓰이던 한자임을 알게 되자 그저 장식된 등도 괜히 새겨진 뜻도 아니었다. 소소하게 하나 더 알게 된 기쁨, 공부 아닌 놀이다.

무작정 배우는 요리

어릴 적 서점에서 발견한 생일 북. 자신이 태어난 달과 일에 따라 얇은 책을 팔았는데 같은 날 태어난 유명인, 사건, 탄생석 등 특정한 날과 관련된 의미를 책 한 권에 모아두었다. 6월생 게자리인 나는 창의적이므로 요리사와 같은 직업이 어울린다고 했다. 어린 나는 한 번도 꿈꿔보지 않았던 진로를 소개하는 책이 원망스러웠다. 세상에 근사한 직업이 얼마나 많은데 왜 하필 요리사란 말인가. 당시에는 지금처럼 셰프가 주목받는 직업이 아니었고, 미식이 발달한 시대도 아니었다. 슈퍼마켓에서 사 먹는 초콜릿 과자가 세상에서 가장 맛있었던 내게 레스토랑 음식을 접할 기회가 주어졌던 것도 아닌지라 요리하는 직업에 매력을 느낄 수 없었다. 생일 북의 예언에도 불구하고 요리는 서른 넘어서까지 나와 거리가 먼 일이었다.

매년 비행기를 타고 멀리 떠나는 게 익숙해지면서 먹고 쉬고 관광하는 여행이 점차 지루해졌다. 처음 느꼈던 강도와 똑같은 설렘을 계속 느낀다면 심장에 무리가 올 거 같은데, 적응 잘하는 마음은 여행을 갓 시작했을 때 안겨주던 흥분을 잊었다. 여행의 패턴을 바꿔서 좀 더 색다르게 놀고 싶었다. 내가 눈을 돌린 건 체험 프로그램이었다. 성향상 서핑과 같은 스포츠보다 역시 생활의 기술을 높이는 쪽으로 마음이 갔다. 꽃꽂이 수업에 관심이 있었지만, 관광객 대상으로 흔히 하는 수업은 아니었다. 또 식물을 한국으로 가져올 수 없어 값비싼 수업의 결과물을 제대로 즐기지 못한다는 이유로 요리 수업이 가장 적합해 보였다. 다른 나라 고유의 음식 문화를 체험한 뒤 남는 건 기념품으로 받는 앞치마 정도. 여러모로 꽤 괜찮은 여행지 레크리에이션이었다. 몸을 움직여 무언가 만들어내는 창조적인 순간은 작은 뿌듯함을 가져오고, 쇼핑과 레스토랑 식사처럼 소비로 보내던 여행보다 확실히 기억에 남았다. 요리 프로그램 자체가 흥미로운 건 둘째치고 여러 개성을 지닌 사람들과 오랜 시간 어울리고 대화할 수 있어 그렇다.

지금은 생각 자체를 안 하지만, 한때 여행을 가면 한국인이 많이 참여하는 프로그램은 의도적으로 피했다. 외국인데 한국인이 많으면 국내 여행지 같은 느낌이 들어 싫었다. 그래서 국내 포털 사이트의 블로그 후기로 정보를 찾지 않고, 외국 여행 정보 사이트인 트립 어드바이저(Trip Advisor)에서 외국인들의 리뷰가 많이 남겨져 있는 클래스를 찾았다. 나와 여행을 곧잘 떠나는 친구는 무언가 배우는 여행에 크게 관심이 없었고, 언제나 혼자 여행할 때 나는 배울 거리를 찾곤 했다. 그래서 여행 내내 이야기할 사람이 없었다. 하지만 혼자 수업에 온 내게 고국 사람들이 불필요한 호기심을 갖는 걸 원치 않았다. 익숙한 환경에서 멀리 떠나온 건 아무래도 아무도 나를 모르는 곳에 나를 떨어트려 놓고 자유로워지고 싶어서이지 이웃사촌이 옆에 있길 바라는 건 아니었다. 소통의 한계가 있는 외국인과 어울리는 편이 마음 편했다. 만약 한국인을 만난다면 고향부터 시작해 직업, 지금 사는 동네까지 모든 걸 이야기하며 다시 현실로 나를 끌고 갈 거 같았다. 물론 내게 말을 걸지 않으면 더욱더 서글픈 일이고. 이제 와 생각해보면 자의식 과잉이 아닌가 의심스러울 지경이다. 그래서 그런 열망이 컸을 때는 혼자 여행을 가면 다른 나라 사람들 혹은 현지인과 어울릴 수 있는 쿠킹클래스를 일부러 찾았다.

여행에서 잠깐 경험해본 태국 전통 음식으로 대단히 이국적인 음식을 만들어 손님상에 차려놓기란 불가능하다. 국내에서 현지 식재료를 구하는 일 역시 만만치 않고. 그런 수고까지 하면서 태국 음식을 한국에서 만들 열정은 없다. 단지 몇 번의 경험으로 충분했다. 그 나라의 문화를 더 깊게 이해하게 된다는 이론적인 이유보다 나는 보기만 하는 관광이 지루했고, 약간의 노동은 있지만 그저 색다른 경험을 하기 위해 돈을 지불했다. 요리법은 그 순간에만 존재한다. 놀이로서의 배움은 그런 거였다. 짧게 흥미만 남기고 사라진다. 요리 기술은 완벽하게 습득하지 못했지만 톰얌쿵 만드는 법 정도는 알고 요리를 주문해 먹는 즐거움은 있었다. 무엇보다 같이 수업에 참석했던 사람들과 나눴던 이야기들은 늘 기억에 남는다. 서울이 어떤 곳인지 묻던 뉴욕에서 온 채식주의자 프랑스인 커플, 나를 동갑내기로 착각했던 열네 살 어렸던 영국인 대학생, 물병을 식탁에 엎지른 대형 사고를 친 나의 수습을 도와줬던 친절한 캘리포니아 사람.

관광지 쿠킹클래스는 보통 영어로 진행되어 큰 불편함은 없다. 다만 나의 무모함이 나를 불편하게 만들 때가 있다. 초급에 불과한 일본어 실력으로 일본 현지인 대상 쿠킹클래스에 참석했던 것처럼. 관광객 대상 쿠킹클래스는 전통적인 음식을 소개하기도 하고, 일상 입맛과 다르기에 배워봤자 현실에 적용하기란 어렵다. 맛이 상대적으로 익숙한 일본에서 정말 현지 사람들이 실생활에서 만들 법한 가정식을 배우면 쓸모가 있을 듯싶었다. 그래서 용감하게 현지 요리학원 수업에 참석했고, 강사는 일본어로 설명했다. 만드는 과정 중 언어를 제대로 못 알아들어 초보적인 실수를 하면서. 함께 실습하던 사람들이 친절해서 다행이었지만 수업 내내 일종의 민폐란 생각이 지워지지 않았다. 같이 만든 음식을 먹으며 영어와 일본어가 섞인 대화를 하고 즐거운 시간을 보내자 긴장되었던 마음이 풀어졌다. 같이 요리를 만든 40대 일본 주부 두 명은 혼자 여행을 와 이런 수업에 참석한 내가 대단하다고 말했다. 나는 한국으로 돌아와 수업에서 배웠던 방식으로 당근 샐러드를 만들었고, 계란국을 만들 때 배운 젓가락을 사용해 계란 물을 국에 일정하게 푸는 방법은 집밥을 만들 때 활용했다. 놀이에 가까운 시간에서 배운 기술이 실생활로 이어지자 살짝 보람을 느낀다.

　　무엇이든 배우면 쓸모가 있다. 배움은 관심에서 시작된다. 처음 요리 수업에 참여했던 까닭은 지루한 여행의 활력소였지만, 이제 나의 집밥 생활에 활기를 불어넣는 시간이다. 관심 가는 쿠킹클래스가 있으면 참석한다. 물론 생일 북의 예언대로 요리사가 될 계획은 전혀 없다. 다만 배우는 시간이 좋다. 일상에서 생산력이 높아지는 순간은 준비가 되어 있을 때다. 내가 알게 모르게 쌓은 기술 혹은 지식은 내 안에 소화 흡수되어 적재적소에 발현된다. 오늘 하나를 배우면 내일 하나를 사용해볼 수 있고, 내일 하나를 배우면 그다음 날에는 두 가지를 시도해볼 수 있다. 배우기만 하고 사용하지 않으면 완벽하게 내 것으로 만들기 어렵지만 배울 노력조차 안 하면 아무 일도 할 수 없으니 무엇이든 배운다. 창의적인 사람이 되고 싶다면 더욱더 많이 보고 배우고 흡수해야 하고. 그건 지겨운 의무의 일종이라기보다 고도의 지적 생명체인 인간으로 살아가는 재미다. 그러니 오늘도 요리법, 청소법, 컴퓨터 기술 등 무엇이든 하나라도 가볍게 배워둔다. 어느 날 요긴하게 쓰이는 날이 올 게 분명하고 그렇게 내 생활력은 '만렙'으로 향한다.

⬠

⬠

⬠

환대의 이유

일면식 없는 고등학생 두 명이 우리 집에 오기로 했다. 의외의 손님인 이 둘은 예전 직장 상사의 자녀와 그의 친구로, 학교 수행평가로 진행하는 인터뷰에 내가 출연해주기로 약속하면서 이어진 인연이다. 나는 집에서 막바지 원고 작업을 하고 있었고, 사교활동으로서 사람을 만나지 않은 지 3주가 넘어가던 차였다. 게다가 모처럼 가족이나 친구 아닌 낯선 손님이 온다니 약간은 긴장되기도 했다. 손님을 맞이할 때 가장 먼저 필요한 건 언제나 콘셉트이다. 음식은 어떤 걸 준비할까, 뭘 하고 놀까. 이 모든 건 콘셉트를 잡아야 시작할 수 있다. 나는 프로모션과 행사 기획을 곧잘 하는 직업을 가지고 있었고, 일종의 직업병처럼 무엇이든 콘셉트를 우선 잡고 시작한다. 10대 소녀라는 점에서 연상되는 건 '헨젤과 그레텔의 오후'. 과자로 아이들을 꾄 마녀처럼 10대들의 호감을 사기 위해 간식에 고심했다. 우유와 쿠키, 우유와 케이크 조합을 궁리하며 언니에게 조언을 구했는데 애들은 우유보다는 주스나 탄산음료를 더 좋아하고 떡볶이를 원하는 법이라는 그 시절의 나와 크게 다르지 않은 입맛을 확인한다. 그래도 오가닉을 지향하는 나는 비교적 건강한 간식을 준비하기로 했다. 파운드 케이크, 복숭아와 무화과 그리고 음료는 고를 수 있도록 홍차와 녹차, 착즙한 오렌지주스, 우유, 탄산수, 미네랄워터도 마련해둔다.

가장 중요한 다과 마련이 끝났으니 집을 조금 단장할 차례다. 진로 탐구를 위한 인터뷰는 작가로서의 나에 대한 영상 인터뷰였으므로 그에 맞춰 방을 정리한다. 캐비닛 깊은 곳에 넣어둔 이제까지 출판한 내 책들을 꺼내 선반에 진열해두는 게 전부이긴 하지만 분위기가 산다. 8월이라서 평소 잘 틀지도 않은 에어컨을 낮은 온도로 설정해 두고 학생들을 맞이할 준비를 끝냈다. 그러고 보니 에어컨이 생긴 지 얼마 되지 않았고 8월에 손님이 온 건 이번이 두 번째다. 한여름 손님맞이의 아픈 기억이 있다. 무척 더운 날 집들이 차 놀러왔던 회사 후배 두 명을 탈진 상태와 비슷하게 보냈다는 미안함. 선풍기로 버티기에 너무나도 부족했던 그날 이후 갓 아기 엄마들이 된 후배들을 당분간 초대하기 어려워 만회하진 못했지만, 이제 에어컨도 있겠다 언제든지 쾌적한 환경에서 누구든지 맞이할 수 있다. 문명의 이기가 생겨 가장 좋은 점이다.

언제나 손님맞이에 신경 쓴다. 누구든 우리 집에 오면 따뜻하게 환영받는다는 느낌을 주고자 세심하게 준비한다. 연말에는 사람들이 평소보다 조금 더 오는 편인데 아주 작은 홈파티를 열기 때문이다. 소박하고 조용한 파티여도 재미를 빠트릴 수 없다. 초대장을 만드는 건 그중 가장 신나는 일이다. 포토샵이 없어서 무료 디자인 사이트에서 템플릿을 이용해 초대장을 만드는데, 주로 어떤 홈파티 메뉴가 나오는지에 대한 설명과 집 주소, 일시를 쓴다. 만들어진 초대장은 언제나 메신저로 전송한다. 우표나 인쇄가 필요 없는 간단한 초대장이다. 감바스, 카나페처럼 평소 자주 해 먹지 않지만 손은 덜 가고 맛은 보장되며 보기에도 이국적인 파티 음식을 준비한다. 손님의 취향을 고려해 작은 와인 한 병도 잊지 않고. 나를 밀어붙여서 요리해대고 무얼 하며 놀지 프로그램을 짜며 손님맞이를 즐긴다. 나이트 플리마켓을 열어 소소한 개인 소장품을 무료 나눔 하는 게 전부일지라도 모두 즐겁게 보낸다. 갑자기 손님이 온다 해도 부족함 없이 먹이고, 불편한 곳 없이 살펴야 한다는 건 알고 있다. 환영받는 느낌처럼 사람 사이에 다정함이 샘솟는 일은 없다.

어릴 적 가족이 식사하는 저녁 7시 이후에 남의 집에 전화하면 결례고, 손님이 오면 다과를 신경 써서 내놓아야 하고, 집에 갈 때까지 계속 먹여야 부족함 없이 대접한 것이며, 남의 집에 초대받아 가면 소박하게 휴지나 세제라도 사서 가는 게 예의라 배웠다. 여기에 나는 근본 없이 흡수한 외국의 파티문화를 살짝 녹여 나만의 환대 방식을 만들었다. 내가 가진 집 초대에 대한 생각의 구조다. 나의 이런 성향 탓에 생긴 문제는 남들에게도 나와 비슷한 환대를 기대했다는 점이다. 나처럼 호들갑 떨기를 바란다기보다 나를 생각해서 호스트가 무언가를 준비하길 조금은 바랐다는 게 모든 실망의 시작이었다. 냉장고에서 먹다 남은 듯 보이는 케이크를 꺼내며 먹을 거냐고 묻기보다 미리 잘라놓은 케이크를 너를 위해 준비했다고 내어주길 바라는 정도의 환대라면 나는 감동할 준비가 되어 있었던 거였다.

지인 대부분은 나와 비슷한 생각을 가졌기에 크게 다름을 느끼지 못했지만, 가끔 생각의 결이 지나치게 다른 사람의 초대 방식에 섭섭할 때가 있었다. 몸을 단장하고 꽃을 들고 초대받은 집에 찾아갔지만 방금 일어났고 이제 씻을 테니 그동안 기다리라고 하며 나가서 점심을 먹자고 할 때면 집 초대가 아닌 건가 고개를 갸웃했다. 내 기준에는 배려가 부족한 모습이었고, 그의 기준에는 격 없는 사이에서의 행동이었다. 처음에는 나와 다르다는 이유로 감정의 골이 생기기 시작했지만, 그 뒤로도 그 친구는 한결같이 꾸밈 없는 모습을 보였다. 청소 안 된 집, 손님맞이를 위한 다과 없이도 누군가를 부를 수 있다는 사실을 그때 처음 알았다. 반드시 뭔가를 준비하고 손님을 맞아야 한다는 건 아니지만 그래도 환영받는다는

느낌 정도는 기대하고 다른 집 문에 노크하고 싶다. 꾀다놓은 보릿
자루 말고. 꼭 나를 만나고 싶다기보다 혼자 있긴 싫고 자신이 움
직이긴 귀찮아서 나를 집 혹은 자신이 있는 장소로 부른다는 걸 눈
치챈 후 점점 초대에 응하지 않게 되었다.

항상 타인에게 기대하지 않는다. 해준 만큼 받고 싶다는 마
음은 없다고 되새기며 살지만 가끔은 내가 신경 써주는 반만이라
도 돌려받고 싶을 때가 생긴다. 감정이 있는 사람이라서 그렇다.
일방적으로 주기만 또 받기만 하는 관계는 오래 유지되지 않았다.
나는 조금이나마 내게 너는 특별한 사람이라는 인상과 그에 걸맞
은 약간의 대우를 바랐다. 어떤 관계에서도 그 정도의 존중받는 느
낌이 있어야 계속 함께할 수 있다.

지금은 어디를 가도 환대를 바라지 않는다. 실망하지 않기
위해서다. 잘 챙겨주는 사람을 만나면 눈물 나게 감사해서 어떻게
보답할지 궁리하고, 그 반대라면 내 기분이 더 상하기 전에 내색하
지 않고 일찍 일어난다. 하지만 나는 여전히 손님이 오면 신경을
쓰고 어디에 초대를 받으면 며칠 전부터 무엇을 준비해서 갈지 고
민한다. 그건 나를 위한 준비니까. 내가 누군가를 웃게 만들고 행
복하게 만들 기회를 놓치고 싶지 않다. 우리 집에 누군가 방문할
때 유독 더 즐거워지는 건 내가 타인을 챙겨줄 유일한 순간이라서
그렇다. 매일 그래야 한다면 피곤하겠지만 어쩌다 한번 하는 손님

맞이는 비일상적 이벤트라서. 나의 재미있는 환대를 위한 기획은 계속될 테지만 내가 준비한 모든 것에 얼마나 감동하고 즐거워할 지는 내 몫이 아니다. 받아들이는 사람의 선택이다. 좋아하면 다행 이고 아니면 다음엔 다른 방향으로 준비한다. 늘 하나만 기억한다. 나는 누군가를 기다리며 청소를 하고 맛있는 음식을 만드는 동안 행복했다.

⬠

⬠

⬠

하루에 하나씩 저금하는 사소한 친절

"이 책은 내 것이 아니야. 빌린 책이거든. 이 그림이 마음에 들었어?" 지하철에서 만난 옆자리의 승객. 엄마 품에 안긴 한 살이 채 되어 보이지 않은 아이가 호기심이 가득한 눈망울로 자꾸 내 책에 손을 뻗는다. 아이 엄마는 내가 불편할까 봐 아이 손을 거듭 붙잡고 아이는 책을 만져보고 싶어서 손가락이 근질근질한 모양이었다. 아이가 책을 찢을 만큼 힘이 세보이지 않아 책 표지를 만지게 한다. "그런데 이거 소독된 책은 아닐 텐데 이렇게 만져도 괜찮을까요?" 육아에 무지한 나는 아이의 건강을 염려한다. 아이 엄마는 개의치 않아 했고 나는 아이가 책을 만지도록 내버려둔다. 슬슬 몇 번 만지더니 호기심이 채워진 모양이다. 오늘 내가 베푼 사소한 친절이었다.

나는 타인에 크게 관심이 없었다. 꽤 오랫동안 나를 중심으로 살았고 남에게 지나치게 관심을 보이는 건 쓸데없는 오지랖이라 여겼다. 어쭙잖은 위로보다 해결책을 제시하는 감정을 절제한 무생물에 가까웠다. 타인과의 거리가 상당히 멀었던 나는 가끔 일부 공감력이 떨어지는 게 아닐까 싶을 정도. 그러나 내가 혼란을 겪을 때는 감정에 과하게 몰입하면서 누군가 내게 공감해주길 바랐으니 한마디로 그다지 매력적인 사람은 아니었다. 유일하게 일관성 있는 성향 하나는 주변 사람들에게 내가 어떻게 보일지 신경 썼다는 점으로 정작 주변 사람들은 세심하게 신경 쓰진 않았다. 자신밖에 모르는 이기심이 공허함과 절망의 시작이었다. 이타심을 키우고 가꾸는 건 매일 하는 숙제다. 여전히 남을 살피는 데 서툴지만 이제 주변을 둘러볼 여유가 생겼다. 저 사람이 나를 어떻게 생각할까, 하는 눈치 보기에서 벗어나 나는 저 사람에게 무엇을 해줄 수 있을지로 생각의 방향을 바꾸면서다.

그렇다고 대단한 봉사활동을 시작한 건 아니다. 하루에 하나씩 사소한 친절을 저금한다. 솔직히 친절을 빙자하고 모르는 사람과 스스럼없이 시작하는 일상 대화에 불과하다. 엘리베이터에서 휴대전화에 정신이 팔려 자신이 내릴 층을 지나칠 것 같은 사람에게 안 내리시냐고 물어보는 정도다. 그때 깜짝 놀라 감사의 인사를 잊고 허둥지둥 내리는 사람도 있지만 내가 수집하는 건 감사하는 마음이 아니라서 그런 말이 돌아오지 않아도 괜찮다. 내 세계에 빠져 있지 않고 주변을 살폈다는 사실 하나로 나는 만족한다. 쓰레기를 버리러 가면 박스 모으는 아주머니에게 내가 가져다두려 했던 박스를 겹겹이 건네며 알은척을 하면 웃음이 돌아오고, 나는 전혀 모르는 사람과 내가 스치는 3초도 안 되는 시간 동안 서로를 알아차렸다는 것만으로 기분이 꽤 유쾌해진다.

　　예전에는 '안녕하세요'라는 마법 같은 언어를 곧잘 생략하며 살았다. 학교나 회사 같은 내가 평가받는 환경에선 잘 챙겼던 부분이지만, 가게처럼 내가 무언가를 사는 입장이 되면 그랬다. 안녕하세요 대신 저기요 하고 부르거나 혹은 바로 본론부터 꺼내는 게 당연했고 그게 무례한 일이란 생각도 하지 않았었다. 영화관 직원에게 "지금 입장해도 되나요?"라고만 물었던 걸 이제는 '안녕하세요'란 인사로 시작한다. 조금 어색하긴 했지만 인사부터 하는 버릇을 들이고 있다. 내 착각일지도 모르지만 인사를 먼저 하면 한층 더 친절한 음색으로 설명해 주는 듯했다. 어쩌다 처음 보는 사람에게 인사를 생략해도 아무렇지 않은 사람이 되었는지 곱씹어본다. 누가 되었든 상대를 먼저 발견하는 사람이 인사하는 문화가 아니어서일까. 윗사람이 아랫사람의 인사를 받는 문화에서 살아서인가 싶었다. 서비스 구매자일 때는 인사를 받기만 해도 문제없는 거라는 인식. 갑자기 부끄럽다. 이유가 무엇이 되었든 더는 인사를 생략하는 무례한 사람이 되고 싶지 않다. 인사는 당신이 거기 있음을 내가 알고 있다는 표시이고 당신이 오늘 괜찮은지 궁금하고 괜찮다면 내 용건을 이제부터 말하고 싶다는 아주 기본적인 의사소통법인데 그걸 모른척했다. 나는 타인에 관심 없다고 말했지만 실상 타인이 낯설어 두려웠던 건지도 모른다. 인사를 먼저 하게 된 뒤로 나는 낯선 사람이 껄끄럽지 않다.

　　도움을 구하는 사람에게 베푸는 친절이야말로 진짜일 테고 나의 경우는 너무 사소한 주변 챙김이라 실제 그 사람에게 도움이 되었는지는 모르겠지만, 덕분에 하루를 마무리하며 곱씹을 만큼 엄청난 보람으로 여기지 않아서 더 흡족하다. 마음의 부담 없이 계속할 수 있는 친절이라서. 나만 바라보고 살 때는 답답했다. 남을 의식하기만 했지 남을 위해 살아본 적은 없어서 그런 시야는 가져본 적이 없다. 이제야 조금씩 주변을 둘러보게 된 뒤로 스쳐 가는 아무개가 아니라 나와 미약하게나마 연결된 같은 시간 속에 존재하는 한 사람이 보인다.

⬠

⬠

⬠

커피를 안 마시는 사람

식당을 고를 땐 음식 취향이 맞는 사람이 편할지 모르겠지만, 당신에게 닭 다리 두 개를 온전히 먹을 수 있도록 해줄 수 있는 사람은 나다. 먹는 데 큰 욕심을 부리지 않아 눈을 빛내며 당신 몫의 음식을 한 입 아닌 여러 입 가져가거나 다양한 메뉴를 주문해 먹자고 졸라대지 않을 사람도 나다. 그럴 일은 없겠지만 나와 혹시 삼겹살을 먹게 된다면, 옆에서 물만 마시며 고기를 구워줄 사람도 나고. 자정 무렵 한강에 돗자리 깔고 치맥으로 기분전환을 하는 친구들 사이에서 유일하게 멀쩡한 정신을 가진 사람도 나이므로 비상상황이 생겨도 이성적으로 대처할 수 있다. 챙겨주고 지켜주는 보험 같은 나. 그러나 이런 기대와 달리 일반적인 취향과 다른 나는 환영받지 못한다. 재미없다고.

왜 커피를 마시지 않아? (카페인 없이 버티다니. 원시인인가.)

치킨, 삼겹살이 싫다니! (고기 맛도 모르고 어떻게 인생을 안다고.)

술은 마시다 보면 느는 거야. (이 좋은 걸 모르네.)

글 쓰는데 담배를 안 피워? (삶의 참 고통을 알긴 알까?)

운전 못 하면 나중에 애는 어떻게 키울래? (면허는 기본인데 전혀 준비가 안 되어 있네.)

몇 걸음만 걸으면 나타나는 커피전문점의 수만큼 아메리카노에 중독된 나라에 살면서 단지 음료를 사기 위해 개인적으로 카페를 찾는 건 드문 일이고 홍차를 마시긴 하지만 솔직히 티 브레이크(Tea Break)라는 시간이 좋을 뿐 홍차가 삶에서 사라진다 해도 크게 아쉽지 않다. 물만 있으면 충분하다. 잠만 잘 자면 별로 피로하지 않아서 카페인 없이도 정신은 맑다. 동네 식당 중에 초밥집과 횟집만 파악해 단골 순위를 매겨놨을 정도로 나는 생선의 맛을 좋아한다. 치맥은 국민적 사랑을 받고 있는데 물고기는 그렇지 않다. 비려서 싫은 건가. 그건 모르지만 누군가와 생선 맛에 대한 열정을 공유한 기억은 없다. 술은 내가 할 말이 없다. 몸에서 받아주질 않는다. 그래서 이직할 때 회식 문화가 강하다는 평판이 돌면 피한다. 소맥을 들고 파도타기를 하다가 내가 건강을 잃든 말든 관심 없을 곳과 나는 맞지 않는다. 이제 담배로 넘어가보자. 길에서 흡연자들은 곧잘 담배를 핀다. 길에서 흡연하는 이가 앞에 걸어가면 담배 냄새가 뒤로 넘어온다. 토할 것 같은 기분에 나는 최대한 숨을 참으며 달리기를 해서 앞지른다. 그런 내가 냄새만으로도 두통을 유발하는 담배를 피울 리가. 글을 쓸 때 흰색 러닝셔츠에 담배를 물고 있는 작가가 주인공인 영화가 있었던 거 같다. 내가 쓰는 글은 자료 조사, 엉덩이 힘, 끈기로 쓴다. 글을 쓰다 머리가 안 돌아가면 견과류를 조금 먹긴 한다. 그럼 기운이 난다.

운전에 대해서라면 내가 운전하지 않아 나를 포함 무고한 목숨을 여럿 구했다 믿는다. 공간과 방향 감각이 평균보다 떨어지는 편이다. 놀이동산 범퍼카마저 운전하지 못해 코너에 차를 박고 게임이 끝날 때까지 빠져나오지 못했다. 진행 요원이 핸들을 오른 방향으로 꺾으라는 격한 손짓이 희미해지고 결국 애석해하는 눈빛을 마주한 게 내가 핸들을 잡았던 마지막 기억이다.

내가 사람들로부터 듣는 고전적인 레퍼토리에 대한 해명은 여기까지다. 모든 하지 않는 일에는 그 사람만의 기구한 사연이 있다. 그리고 지금 나의 특이 취향에 몇 가지가 더 추가되었다. 과자 같은 간식을 먹지 않는 것, 쇼핑과 여행에 큰 열정을 보이지 않는 것, 직장 상사 뒷담에 동조하지 않는 것, 심지어 일찍 잠드는 습관마저도 모두 내가 유별난 사람임을 보여주는 듯하다. 과자는 못 먹는 게 아닌 당을 관리하며 먹는다. 내 식사법이 제대로 효과를 발휘해 혈당은 정상이다. 스트레스 해소용 쇼핑을 안 할 뿐 생필품을 소리 없이 사는 편이고 그러니 자랑할 게 없다. 해외여행은 한때 연례행사처럼 다녔으나 지금은 가까운 곳으로 나들이 가도 기분전환이 되어 크게 집착하지 않는다. 직장 상사 뒷말에 관해서라면 내가 성숙한 인격을 가져서, 스트레스를 받지 않아서 안 하는 게 아니다. 해봤자 돌아오는 건 내 마음에 남는 미움뿐이고, 손톱만 한 허물도 여러 사람과 이야기하다 보면 손바닥처럼 커지는 걸 알기에 동조하지 않을 뿐이다. 내 정신건강을 위해. 그리고 일단 남 욕하기 전에 나부터 잘하자 하는 마음이다.

마지막으로 생활습관에 관해 이야기해보자면, 개인차는 당연하다. 새벽 늦게 잠들어 아침에 늦잠을 자 택시 타고 출근했지만 결국 지각, 그래서 짐승 용량의 커피를 마셔야만 오전 업무를 시작할 수 있다는 어떤 사람은 일찍 잠드는 나의 습관에 놀랐다. 예전에는 뭐 그런 부분까지 놀라고 그럴까 싶었는데, 그건 나를 일반적인 틀에 끼워 맞추지 못했다기보다 알고 싶은 거였다. 고단한 일을 마치고 스트레스를 푸는 모든 재미있는 일—텔레비전을 보거나 유튜브, 혹은 게임—을 뒤로 한 채 어떻게 일찍 잘 수 있는지에 대한 의문이었다. 컨디션 관리를 의식적으로 하다 보니 습관이 되었다고 나는 말하지만, 그의 표정을 보니 난감해하기만 한다. 여전히 늦게 자고 지각하는지 문득 궁금하다.

246

나는 사람들과 어울릴 만한 부분이 전무하다 할 정도로 아웃사이더 취향이 강하다. 그래서 10년에 한 번 정도 커피를 마시지 않는 사람, 고기를 먹지 않는 사람을 만나면 겉으로 표현하진 않지만 내적 동질감에 더 가까워지는 느낌을 받는다. 왜 같은 부류라며 호들갑 떨지 않느냐면, 유별남이 아닌 개인의 기호 차이에 불과하다는 인정이 내겐 중요했듯이 상대도 그렇지 않을까 해서. '나와 다르다(그래서 같아져야 한다)'가 아닌 '나와 다르다(그러니 각자의 영역을 인정해야 한다)'는 접근. 자신과 비슷하다는 동질감, 공감을 얻고자 한사코 싫다고 했던 내게 커피와 술을 맛보게 하려 설득했던 사람들을 기억한다. 같은 걸 좋아하거나 싫어하면 타인과의 거리가 급격히 가까워진다. 특히 먹는 부분이 가장 크다. 그들은 모를 거다. 내가 한때 어울리고 싶어서 술도 마셔보려 했고 고기도 먹어보려 노력했다는걸. 하지만 단 한 번도 내가 "술을 끊어, 고기를 끊어. 몸에 안 좋아"라고 강요한 적은 없다는 걸. 보편적인 타인의 취향에 어느 하나 들어맞지 않아서 서글프다. 그러나 확고한 기호가 만들어낸 나만의 취향, 남들과 다른 선택이 나를 개성 있는 한 사람으로 만든다.

⬠

⬠

⬠

내가 좋아하는 사람

내가 좋다. 나를 좋아한다. 그래서 나를 좋아하는 사람이 내가 좋아하는 사람이다. 성별, 나이, 인생 어느 시기 즈음 어디에서 만났는지 상관없이 그렇다. 호의로 나를 알아봐 준 사람이 좋다. 내게 좋은 사람은 나에게 안부를 묻고, 무엇보다 서로 기꺼이 시간을 내서 만나는 사람이다. 작은 선물을 주고받고, 맛있는 식사를 나눈다. 날 것의 속사정을 캐내려 하지 않고 어두운 감정의 민낯을 드러내지 않으려 애쓴다. 좋은 모습만 보이려 한다. 가식적인 관계가 되지 않느냐고? 글쎄. 어쩌다 바닥을 봐버린 사람은 결국 서로 불편해졌던 기억. 약점을 공유하는 게 사람과의 거리를 가깝게 만드는 일일까? 나는 모르겠다. 어릴 때와 달리 모든 걸 터놓고 지내는 건 부담스럽다. 어른이 되어 만난 사람들은 평판에 신경을 쓴다. 나도 그렇다. 그래서 '너만 알고 있어(모두에게 소문을 내주렴)'란 말로 시작하는 대화는 애초에 하지 않는다. '이 말을 할까 말까 했는데……'라고 운을 떼는 말도 참는다. 입에서 걸리는 말을 내뱉지 않는 사람과 어울린다. 가까울수록 예의와 배려, 선을 넘지 않는 것. 편안한 사이여도 지킬 건 지킨다. 내가 계속 함께하는 사람들은 그런 이들이다.

표정에서 활기찬 에너지가 느껴지는 사람이 좋다. 뭔가에 사로잡혀서 반짝이는 눈빛을 가진 사람. 우직하게 어떤 일에 매달려 있는 열정적인 사람과 나누는 대화는 즐겁다. 힘든 일을 털어놓을 때도 결국 긍정적인 말로 나아가는 사람이다. 자기 연민은 살짝 스쳐갈 정도로만, 남을 비난하는데 소중한 시간과 체력을 절대 낭비하지 않는 사람. 나는 그런 사람에게 커다란 매력을 느낀다. 냉소적인 사람을 만나면 도망가고 싶은 것과는 반대다. 그러고 보면 유독 담백한 사람에게 끌린다. 과장 없이 말하고, 자신의 의견은 있되 상대에게 바라는 건 없다. 무엇 하나라도 더 얻어내려고 머리 굴리지 않는다. 사사로운 욕심 없는 사람은 쉬이 만날 수 없다. 주변에 쉽게 찾아볼 수 없으니 귀한 사람이다. 한때 나는 지적이고 고상한 말투를 가진 사람이 우아해 보였다. 훌륭한 교육 배경을 가지고 있고, 자연스럽게 몸에 밴 고급 취향이 기본인 사람. 그런 존재는 동경하는 이에 가까웠다. 이제 그런 외적 조건에는 잠깐의 호기심만 깃든다. 대신 내 취향의 성품을 가진 이를 만나면 한눈에 반해버리고 만다. 타인에 대한 배려, 근거 있는 긍정으로 가득 찬, 담백한 마음을 가진 나의 이상형. 이 모든 건 실은 내가 되고 싶은 자신이다.

'아무도 나를 사랑하지 않아.' 사춘기 아이처럼 생각했던 어른 시절이 있었다. 부정적인 마음이 생겨나면 언제나 반대로 내게 질문해본다. '나는 누구를 사랑하지?' 더는 누군가 내게 먼저 말을 걸어주길 기다리지 않는다. 이제 내가 타인에게 먼저 말을 건다. 작은 꼬마에게 웃으며 인사해주고, 눈 맞춤이라도 한 사람에게는 인사를 건네고 짧은 대화를 한다. 누군가와 얕고 때로 깊게 다정한 마음으로 연결되는 것, 다른 건 몰라도 사람을 대하는 태도 하나는 바꿀 수 있다. 인간 문제에 대해 평생 연구하고 생각했다는 작가 올더스 헉슬리가 마지막에 남긴 말은 "서로에게 조금 더 친절하자"라고 한다. 좋은 사람들과 많은 시간을 보내는 것만큼 충만한 삶은 없다. 그러려면 나에게 먼저 친절하고 남에게도 역시 친절해야 한다. 사람과 사람 사이에서 아무것도 하지 않은 채 고독에 대해 말하지 않기로 했다. 그러니 자꾸 누군가의 관심과 애정을 갈구하며 절망 비슷한 감정에 빠져 있기에는 무엇이든 할 수 있는 나의 오늘이 아깝다.

Epilogue

모두 똑같이
소중하다

한때 일이 삶의 모든 것을 차지했다. 일이 굉장히 재미있어서였다면 운이 좋은 사람이었겠지만 그렇지 않았다. 어릴 때 품었던 꿈은 그렇게 간절하지 않았는지 어느새 희미해졌고, 어느 순간부터 먹고 살기 위해서 일이 중요했다. 사실 아무 생각이 없었다. 막연한 불안감에 시달리며 상황에 끌려다니기 바빴다. 그러다 보니 잘 먹고 잘 자는 생활은 제일 끝 순위로 밀려두었다. 좋아하는 사람들과 보내는 시간도 미뤘다. 언제나 일을 뺀 나머지를 하지 않아도 되는 괜찮은 핑계는 일이 바빠서였다.

번아웃으로 몸과 마음이 모두 피폐해진 뒤 내가 내린 결론. 이제 일은 소중한 것 중 하나다. 일만큼 집안일이 소중하고, 집안일만큼 내 몸과 마음 관리가 소중하고, 사람들과 만나 놀고 공부하는 시간이 소중하다. 시간을 악착같이 써서 모두 완벽하게 해내자는 각오는 아니다. 내가 쓰는 양적 시간은 다르나 질적 시간은 비슷하게 살아가길. 내게 주어진 하루, 오늘 해낸 모든 일이 똑같이 소중함을 알아주는 것이다. 모두 내가 감당할 수 있는 최소만을 남겼기에 가능하다.

최소 취향을 만든 10가지 생각의 토대

1.　물건 개수와 정리정돈에 초점을 맞춘 미니멀라이프 관련 책이 더이상 아무런 영감도 주지 못할 때, 에리히 프롬의 저서 『소유냐 존재냐』는 큰 울림을 주었다. 소유물(사회적 지위, 재산 등)과 자신을 동일하게 여기는 현대인의 좌절을 깊이 사유할 수 있다.

2.　앞으로 계속 가져갈 자신만의 생활 철학을 만든다. 나는 '적게 가지고 바르게 생활하기'다. 가훈이나 신조 삼아서 되새길 법한 것이 좋다. 돈을 낭비하는 타입이라면 '빚을 지지 않는다. 못 갚아' 같은 실질적인 것은 어떨까.

3.　'적게 갖기'를 나의 통장 잔고와 현 상황에 맞춰 정의한다. 예컨대 나에게 있어 현실적인 최소 취향이란 삶의 질을 커다란 집, 멋진 물건, 호화 여행에 두지 않는 삶이다. 잘 자고, 질 좋은 음식을 먹고, 깨끗하게 관리된 옷을 오래 입으며, 늘 책을 읽고 어쩌

다 적당한 가격의 좌석에서 보는 공연으로 충분히 만족하는 최소 수준의 우아함이다.

4. 무절제한 생활을 버린다. 내키는 대로 먹고 아무 때나 자고 관리되지 않은 몸으로 살아가기엔 앞으로 남은 시간이 아깝다. 사람은 언제든 죽을 수 있지만, 마지막까지 나를 존중하는 방법은 건강한 몸과 생각을 하고 살아가는 과정이다.

5. 언뜻 저자극, 따분해 보이는 삶이 평안하다. 스트레스를 덜 받는 법은 감당할 수 있는 일 이상으로 일을 만들지 않는 것이고, 애초에 문제가 될 만한 일은 시작하지 않는 것이다. 그리고 마음 챙기는 의식 몇 가지를 마련해둔다. 아침 요가, 명상, 산책……. 호흡에 집중할 수 있는 운동으로 몸을 돌보면 마음 역시 보살필 수 있다.

6. 돈은 숫자다. 숫자는 관리할 수 있으며 그러므로 객관화시킬 수 있다. 수입을 계획된 예산 안에서 쓰는 것. 숫자로 미래를 예측해 불안을 줄인다. 인간은 기계가 아니지만, 가끔 기계처럼 사고하면 군더더기 감정에 덜 휘둘린다.

7. 내 손으로 해내는 일을 늘려간다. 직접적인 생존과 관련된 생활의 기술—집수리하는 법, 요리, 물건 만들기—같은 나의 맨손 능력 범위를 넓혀간다. 내 한 몸쯤은 먹여 살릴 수 있다는 자신감은 실질적인 기술 연마에서 얻는다.

8.   시간을 만든다. 시간이 없어서 못 했다는 핑계는 그 일이 우선순위가 아니었다는 말에 불과하다. 나는 텔레비전을 없앴고, 스마트폰을 보지 않는 시간을 만들었다. 그렇게 만들어낸 시간에 긴 호흡으로 지적 호기심을 탐구하고 있다.

9.   나는 잘나지 않았다. 못나지도 않았다. 모든 인간관계의 불행은 출구 없는 나르시시즘, 자기애에서 출발한다.

10.   지금 여기에 존재한다. 내게 소중한 일과를 설계하고 열심히 임한다. 풍부한 경험과 감정으로 채워진 하루에 만족한다.

"어디까지 도달할 수 있는지는 운명에 맡기고 항상 성장하는 삶의 과정에서 행복을 찾아낸다. 최선을 다해 완전하게 산다는 것은 자기가 무엇을 달성할 수 있느냐 하는 걱정을 할 필요가 없을 정도로 만족을 주기 때문이다." 에리히 프롬의 생각을 빌려 왔지만, 내가 만든 최소 취향의 결론을 이보다 더 적절하게 설명할 수 없다.

지금을 살며,
신 미 경

나의
최소 취향
이야기

초판 1쇄	2020년 3월 23일
초판 4쇄	2023년 2월 1일

지은이	신미경

발행인	유철상
기획	이유나
편집	홍은선, 정유진, 김정민
디자인	주인지, 노세회
마케팅	조종삼, 김소희
콘텐츠	강한나

펴낸곳	상상출판
출판등록	2009년 9월 22일(제305-2010-02호)
주소	서울특별시 성동구 뚝섬로17가길 48, 성수에이원센터 1205호(성수동2가)
전화	02-963-9891(편집), 070-7727-6853(마케팅)
팩스	02-963-9892
전자우편	sangsang9892@gmail.com
홈페이지	www.esangsang.co.kr
블로그	blog.naver.com/sangsang_pub
인쇄	다라니
종이	㈜월드페이퍼

ISBN 979-11-89856-85-4 (03810)

©2020 신미경

※ 이 책은 상상출판이 저작권자와의 계약에 따라 발행한 것이므로
   본사의 서면 허락 없이는 어떠한 형태나 수단으로도 이용하지 못합니다.

※ 잘못된 책은 구입하신 곳에서 바꿔 드립니다.